María Gainza

Schwarzlicht

Quart*buch*

María Gainza

Schwarzlicht

Roman

Aus dem argentinischen Spanisch
von Peter Kultzen

Verlag Klaus Wagenbach Berlin

Für Azucena

Die Nummer eins

Endlich stand ich vor dem Hotel Étoile. Ein Schild am Eingang verkündete, dass nichts frei sei, ich ging aber trotzdem hinein und bat an der Rezeption um ein Zimmer. Man gab mir eins im zehnten Stock, mit Blick auf den Friedhof, Badewanne aus italienischem Marmor, Louis-Seize-Schreibtisch, einem floßbreiten Bett und in Goldpapier eingewickelten Bonbons, die aus den Kissen hervorlugten wie falsche Diamanten im Schnee. Dem Concièrge erklärte ich, mein Mann komme später mit den Koffern nach, aber mein Mann wird niemals kommen. Normalerweise lüge ich den Leuten nicht ins Gesicht, aber das hier ist ein Fall von höherer Gewalt.

Ich habe mich unter dem Fantasienamen María Lydis angemeldet. Meinen Ausweis sehen wollte niemand; andernfalls hätten sie vielleicht die Kunstkritikerin erkannt, die ich einmal war. Aber wer wäre angesichts meines verlausten schwarzen Pelzmantels auf die Idee gekommen, dass ich eine Zeitlang in der Welt der Kunst ganz gut im Geschäft war und – ja, doch – sogar ein gewisses Prestige erlangt hatte, das sich der Illusion verdankte, eine empfindsame Prosa sei Ausdruck einer ehrbaren Gesinnung, am Stil erkenne man den Charakter?

Ich werde mich in meiner »Chambre Impériale« – so jedenfalls steht es auf dem Bronzeschildchen an der Tür aus Walnussholz – einschließen und die Sonntagsschriftstellerin hervorkehren, die wir alle in uns tragen. Erst wenn ich alles, was ich weiß, herausgelassen habe, werde ich imstande sein,

ein neues Kapitel aufzuschlagen und noch einmal ganz von vorn anzufangen. Inspiriert hat mich dabei ein Brauch aus dem siebzehnten Jahrhundert, über den Defoe in *Moll Flanders* berichtet: Wer damals in England zum Tod durch Erhängen verurteilt wurde, erhielt die Möglichkeit, vor der Vollstreckung von seinem Verbrechen zu erzählen.

Erwarten Sie keine Namen, Zahlen, Daten. Alles Solide entzieht sich mir, was bleibt, ist nichts als eine vage Atmosphäre, technisch gesehen bin ich eine Impressionistin alter Schule. Davon abgesehen haben mich all die Jahre in der Welt der Kunst misstrauisch gemacht. Besonders verdächtig erscheinen mir die Historiker, die mit ihren exakten Angaben und frostigen Fußnoten einen unheilvollen Zwang auf ihre Leser ausüben. »So ist es gewesen«, sagen sie einem. In meinem Alter schätzt man sanftere Umgangsformen, mir ist es lieber, wenn es heißt: »Nehmen wir einmal an, es war so.«

Ich kam mit einem schiefen Lächeln zur Welt – aufgrund einer Muskelschwäche hebt mein rechter Mundwinkel sich höher als der linke. Manche Leute sagen, daran zeige sich mein verschlagener Charakter. Wie bei jenem Mann, der eigentlich herzensgut war, aber dann zum Gauner wurde, weil seine Schultern beim Gehen mit katzenhafter Langsamkeit kreisten. Was andere einem sagen, einem immer und immer wieder sagen, glaubt man am Ende selbst. Wenn aber heute tatsächlich etwas auf mich zutreffen sollte, dann das Gefühl, vollkommen gescheitert zu sein. Schon früh habe ich aus Gründen, die hier keine Rolle spielen, aufgehört, mir irgendwelche Hoffnungen in Bezug auf meine männlichen und weiblichen Mitmenschen zu machen. Letztere haben mir ohnehin nie etwas anderes als Argwohn entgegengebracht. Nur eine hat mir etwas zugetraut, mir das Gefühl gegeben, wichtig zu sein, und wer uns ein solches Geschenk macht, dem verdanken wir unser Leben.

Wir lernten uns in der Taxierungsabteilung des Banco Ciudad kennen. Enriqueta hatte in den sechziger Jahren dort zu arbeiten begonnen, nachdem sie als eine der Jahrgangsbesten ihr Studium an der Escuela Nacional de Bellas Artes abgeschlossen hatte. Ich fing dort an, weil ich Beziehungen hatte, so wie es zu meiner Zeit üblich war.

Etwa zwei Jahre vorher hatte Onkel Richard, schon reichlich angetrunken, beim Weihnachtsessen lautstark und etwas lallend verkündet, dass es nichts Besseres als Arbeit gebe, um das schwarze Schaf der Familie auf den rechten Weg zu bringen – eine der Plattitüden, wie sie zur Intelligenz meines Onkels passten. Ehrlich gesagt, war ich gar nicht darauf aus, mich irgendwie zu etablieren, wenn es nach mir gegangen wäre, hätte ich mich lieber einfach treiben lassen, mich an nichts und niemanden gebunden. Meine Verwandtschaft hingegen betrachtete mich als hoffnungslosen Fall, als jemanden, der sich in seinem Leben, wenn überhaupt, als Schmetterlingsjäger hervortun würde. Ich weiß nicht recht, warum, aber ich nahm die Herausforderung trotzdem an. Wahrscheinlich wollte ich damit vor allem erreichen, dass Onkel Richard endlich die Klappe hielt. So kam es jedenfalls, dass mir – eigentlich nur wegen des Gequatsches unter Suffköpfen – das Glück zuteilwurde, als Sklavin in den Dienst Enriqueta Macedos gestellt zu werden.

Am ersten Montag im Januar trat ich um neun Uhr morgens durch die Glastür der Taxierungsabteilung des Banco Ciudad und steuerte die Rezeptionistin an, die hinter einem gläsernen Tresen saß. Sie trug keinen BH – dieser Kampf war damals schon seit Längerem gewonnen. Als ich ihr sagte, dass Señorita Macedo mich erwarte, warf sie mir einen Blick zu, den ich als so etwas wie »Na dann, viel Glück« deutete. Ich passierte noch eine Glastür. Ich fand es auffällig, wie viel Verwendung dieses Material hier fand, womöglich, sagte ich mir, sollte das auf die Transparenz bei den Transaktionen verweisen.

Ich brauchte gar nicht erst zu fragen, um zu wissen, dass ich sie vor mir hatte. Enriqueta Macedo war damals eine der angesehensten Sachverständigen auf ihrem Gebiet, eine altgediente und vielgerühmte Heldin des Kunstbetriebs. Als ich ins Zimmer trat, kauerte sie vor einem an der Wand lehnenden Gemälde und war offenbar kurz davor, sich auf dieses oder mitten in dieses hineinzustürzen. Richtigerweise müsste man sagen, dass sie das Bild nicht so sehr in Augenschein nahm, als es vielmehr beschnupperte. Ich räusperte mich schüchtern, ganz wie im Kinofilm. Für ihr Alter auffällig flink, sprang sie auf und gab mir mit in die Höhe gerecktem Kinn zu verstehen, dass es an mir sei, näherzukommen. (Später sollte ich begreifen, dass sie diese hochmütige Haltung einnahm, um von ihrem Doppelkinn abzulenken.) Sie trug eine zitronengelbe Bluse und ein zerknittertes stahlgraues Kostüm. Sie machte einen gewöhnlichen, ja geradezu etwas lächerlichen Eindruck, doch ihr Äußeres war, wie ich nach einiger Zeit feststellen sollte, ihrer Geisteshaltung genau entgegengesetzt.

Eilig ging ich quer durch den Raum auf sie zu. Dabei unterzogen ihre Augen mich einer unerbittlichen Prüfung. Da ich unfähig war, ihrem Blick standzuhalten, richtete ich meinen auf ihre Schuhe, die nichts weiter als ein schwarzes Etwas auf dem Fußboden waren.

Bevor ich etwas sagen konnte, schmetterte sie mir entgegen:

»Ich hoffe, du hast deine Hausaufgaben gemacht.«

Zitternd bot ich ihr mein schiefes Lächeln dar. Offensichtlich rief die Asymmetrie Vergnügen oder Mitleid, vielleicht auch Erleichterung bei ihr hervor. Sie schnalzte teilnahmsvoll mit der Zunge und führte mich zu einem Tisch.

»Lass dich von meinen komischen Schikanen nicht einschüchtern. Ich hab nun mal die schlechte Angewohnheit, streitsüchtig zu sein, tut mir leid. Aber jetzt darfst du dich erst mal ein bisschen in die Familiengeheimnisse einlesen.«

Damit waren zwanzig schwarze Ordner gemeint, die – wie ein Gehrock, der einen überdimensionierten Bauch verbergen soll – die Quittungen sämtlicher in den letzten Monaten bei der Bank deponierten Gemälde enthielten. Ich blätterte eine Zeitlang darin – ein schier unerschöpflicher Papierwust –, und als ich lange genug so getan hatte, als würde ich mich für ihren Inhalt interessieren, ergab ich mich in mein Schicksal. Ich werde mich schon dran gewöhnen, sagte ich mir. Und es ist in der Tat bemerkenswert, wie schnell man sich an alles Mögliche gewöhnt.

Mit fünfundzwanzig saß ich in der bedeutendsten Taxierungsstelle des Landes, an dem Ort, wo despotisch über den Preis und die Echtheit der Gemälde verfügt wurde, die auf dem Markt zirkulierten, wo man Bilder als Pfand oder auch in Verwahrung nahm, wenn ein Rechtsstreit um sie entbrannt war. Was von außen attraktiv schien, erwies sich im Inneren als düster-bedrückende behördengraue Institution.

Regelmäßig überkam mich ein unbestimmtes Gefühl der Enge und Beklemmung in dieser Höhle, in der die Angestellten ausschließlich über Gewinnerwartungen redeten und sich dabei einer Fremdsprache bedienten, die ich zwar verstand, der ich aber dennoch nicht folgen konnte, so als ob ich zwar die einzelnen Wörter begriffe, sich mir der Sinn des ganzen Satzes jedoch entzog. Um meine Position innerhalb dieser Familie von Geldanbetern zu festigen, legte ich mir schon bald eine zweifelhafte Tugend zu – ich fing an, das Geld zu verachten.

Nur Enriqueta schien meine moralische Atemnot zu verstehen. All das ist inzwischen schon so viele Jahre her, dass es schwerfällt, dieser Frau wirklich gerecht zu werden, aber vielleicht kann man sagen, dass ich in ihr eine Anmut entdeckte, die sich in meiner Umgebung ansonsten nahezu vollständig verflüchtigt zu haben schien.

Sie gehörte zu den Frauen, denen das Älterwerden gut steht. Als es so weit war, muss sie sich gesagt haben: Puh, endlich, das mit der Jugend hätten wir geschafft! Im Winter trug sie einen schwarzen Mantel, der aussah, als hätte man dafür einem räudigen Hund das Fell abgezogen. Aber das schäbige Stück hielt warm, und darauf kam es seiner Besitzerin an. Wenn sie zur Bürotür hereinkam, verbreitete sie eine Aura göttlicher Strenge, was sich wahrscheinlich ihrem langjährigen Umgang mit Kunstwerken verdankte. »Diese Gemälde werden uns alle überleben – wie die Gebirge«, pflegte sie zu sagen und ließ dabei den Blick umherschweifen.

Irgendwelche romantischen Vorstellungen, was ihre Mitmenschen anging, hatte sie sich nicht erhalten, dafür besaß ihr Glaube an die Kunst beinahe esoterische Züge. Auch wenn sie selten davon sprach, schien sie einer älteren Zivilisation zu entstammen, die es nicht nötig hatte, alles in Worte zu fassen. Die Einrichtung ihres Arbeitszimmers war schlicht, die Sessel mit echtem Leder bezogen; an den Wänden hingen Reproduktionen von Werken William Blakes. »Meine einzige Religion«, sagte Enriqueta, als ich bei meinem ersten Besuch aus der Ferne den Blick darauf richtete. »Geh ruhig näher ran, sie beißen nicht, auch wenn sie's könnten.« Es handelte sich um die Illustrationen zu Miltons *Paradise Lost*. Die Darstellungen der Hölle schienen mir um ein Vielfaches besser als die des Himmels, was ich jedoch für mich behielt. Damals wusste ich noch nicht, dass allein die Tatsache, eine eigene Meinung zu haben, einen Wert an sich besaß. Es sollte sogar der Tag kommen, an dem man mich dafür bezahlen würde, meine Meinung zu äußern.

Enriquetas Arbeitszimmer hatte etwas Mysteriöses an sich, es hätte ohne Weiteres sein können, dass eins der Bücherregale nur die Tarnung einer Geheimtür war. Am Schreibtisch sitzend, schaute ihr Kopf zwischen Stapeln von Kunstkatalogen hervor, die sie vor der Welt schützten wie eine Wagenburg vor einem Indianerüberfall. Woher sie kam, war nicht ganz klar. Von ihrer Familie sprach sie nie, es sei denn, um daran zu erinnern, dass einer ihrer Urgroßväter von den Schiffbrüchigen auf dem Floß der Medusa verspeist worden war. Von diesem ehrenvollen genealogischen Detail abgesehen, bewegte sie sich durchs Leben, als wäre sie völlig auf sich allein gestellt.

Sie war kalt und streng. Ihre Kollegen, gewöhnliche, um nicht zu sagen: ziemlich mittelmäßige Zeitgenossen, hielten sie für eingebildet. Ich dagegen mochte sie sofort. Nicht nur, weil sich durch die Zusammenarbeit mit ihr mein Verstand schärfte, ihr haftete auch etwas an, das es einem unmöglich machte, sie einfach nur als ein Ungeheuer höherer Art zu betrachten. Sie war merkwürdig, aber ich meine das nicht im schlechten Sinne. Sie war eine Eingeweihte – *das* unterschied sie von den Normalsterblichen. Sie besaß ein Adlerauge, ein Talent, das in der Welt der Kunst, so wie der »klinische Blick« in der Welt der Medizin, vom Aussterben bedroht ist. Sie war imstande, durch ein Bild hindurchzusehen, seine Matrix zu erfassen. Und sie verfügte über die angeborene Gabe, ein Bild im Kopf in seine Einzelteile zu zerlegen und anschließend wieder zusammenzusetzen wie ein Schweizer Uhrmacher einen mechanischen Zeitmesser.

Wobei sie – als gute Maschinenstürmerin, die sie gleichzeitig war – jede Art neumodischer technischer Hilfsmittel zur Bestimmung der Echtheit eines Kunstwerks rundheraus ablehnte. Alles, was sie sich in dieser Hinsicht zugestand, war eine Taschenlampe, die ein schwaches bläuliches Licht ausstrahlte und mühelos in ihre geschlossene Hand passte. Ein »Schwarzlicht«, wie die Forensiker sagen. Kriminaltechniker verwenden es, um Blut, Samen, Speichel oder Schweiß von Opfern oder Tätern aufzuspüren, Kunstsachverständige dagegen machen sich mit diesem Licht auf die Suche nach Elementen, die einem Gemälde nachträglich hinzugefügt wurden. Glaubte man Enriqueta, so war nichts weiter als dieses Gerät nötig, um ein gemaltes Kunstwerk in all seiner Tiefe zu erkunden. Alles Übrige hatte man selbst beizusteuern.

Wie lange würde jemand wie Enriqueta brauchen, um mich zu entlarven? Einen Monat? Eine Woche? Vielleicht nur wenige Minuten. Wider Erwarten war sie offensichtlich jedoch zu einem positiven Urteil über mich gelangt, denn sie nahm mich unverzüglich unter ihre Fittiche und hatte mich, ehe ich mich's versah, zu ihrer Erbin bestimmt.

»Lass dir hier drinnen bloß nicht anmerken, wenn du von etwas begeistert bist, unter keinen Umständen!«, belehrte sie mich wenige Tage nachdem wir uns kennengelernt hatten. »Halte unbedingt das Metall deiner Stimme geheim, dann kannst du sicher sein, dass diese Leute dich in Ruhe lassen.«

Um mir den hierfür nötigen unerschütterlichen Gleichmut einzuimpfen, erzählte sie mir die Geschichte des Anaxagoras, der auf die Nachricht vom Tod seines Sohnes hin ausgerufen haben soll: »Sciebam me genuisse mortalem« (»Ich wusste, dass ich einen Sterblichen gezeugt habe«). Ich bin mir aber sicher, dass ihre Neigung zur Ataraxie, deren Fahne sie hochhielt, keine angeborene war. Ich glaube vielmehr, dass sie sich damit gegen die Zumutungen des Lebens zu wehren versuchte.

In den ersten Monaten erteilte sie mir einen Begutachtungsschnellkurs. Ich war jung, wusste wenig, und was ich wusste, verstand ich kaum, dafür jedoch weckte nahezu alles rasendes Interesse bei mir. Ich wich ihr nicht mehr von der Seite und notierte mir, was sie sagte, in verschiedene Kladden mit festem Einband. Auf den Einbänden lese ich: »Die Kunst der Zuschreibung«, »Provenienz«, »Falsches Antik-Papier – Der Teebeutel-Trick«, »Auf die Details wie Ohrmuscheln und Fingernägel kommt es an (Die Morellische Methode)«. Enriqueta sprach stets in knappen, lebendigen Sätzen, rund und stachelig wie ein Igel. Oft waren es Aphorismen, wobei sie zwischen zitierten und erfundenen keinerlei Unterschied machte: »Sprich über Malerei, das ist der einfachste Weg, um Leute kennenzulernen.« »Wenn man ein Bild betrachtet, sollte man aufs Klo müssen – nichts hält den Geist so wach wie ein angespannter Schließmuskel.« »Nichts ist geeigneter als Kunst, um jemanden zu entlarven. Einen billigeren Lügendetektor kenne ich nicht.« Immer wieder ließ sie völlig unvermittelt derartige Weisheiten vom Stapel.

Freitags, wenn für gewöhnlich nur wenig Arbeit anfiel, ließ sie mich alte Auktionskataloge aus der Bibliothek holen, die ich anschließend stundenlang durchsehen sollte. »Das ist ein Muskel, den musst du trainieren«, sagte sie dazu. Ich sah hin, ohne zu wissen, was genau ich ansehen sollte. Als ich ihr das schließlich verzweifelt gestand, erklärte sie: »Irgendwann wirst du so weit sein, dass du spürst, wahrnimmst, weißt, wie man die Dinge ansehen muss.« Obwohl es vordergründig immer um Malerei ging, schienen ihre Ratschläge sich in Wirklichkeit auf die Kunst des Lebens zu beziehen.

Ich werde noch etwas über Enriqueta sagen: Sie war sehr munter und lebhaft, und egal, ob ich ihr beim Lösen eines Kreuzworträtsels helfen, ihren Fisch entgräten oder ihre Schuhe zubinden sollte, wenn ihr wieder einmal die rheumakranken Finger wehtaten – für mich war das alles reine Poesie.

Um sechs Uhr abends verschwanden die übrigen Bankangestellten in den Fluren wie die Ratten in der Kanalisation. Dann gingen wir beide hoch auf die Dachterrasse des Gebäudes, um unsere Unterhaltung dort fortzusetzen. Während wir von der Ehrentribüne aus den Sonnenuntergang verfolgten, konnte sich Enriqueta in endlosen Ausführungen über Vasari, Karel van Mander oder Pico della Mirandola ergehen, aber nicht im bleischweren, feierlichen Jargon der Akademiker, vielmehr sprach sie mit einer Vertrautheit über die erwähnten Personen, als handelte es sich um alte Freunde. Sie schloss die Augen und belegte sie mit zärtlichen Spitznamen, schalt sie manchmal auch, weil sie ihre Körperpflege vernachlässigten. Ich glaube, zeitweilig vergaß sie, wo und neben wem sie sich befand. An wolkenlosen Tagen sorgte eine seltsame Kombination aus Sonnenstrahlung, Luftverschmutzung und Neonreklamen manchmal dafür, dass um uns herum alles wie in ein bratapfelfarbenes Licht getaucht war, wie auf den Gemälden des Präraffaeliten Burne-Jones. Ein optischer Effekt, der nie länger als fünf Minuten anhielt, doch sobald es so weit war, sprang Enriqueta aus ihrem Liegestuhl wie ein Toast aus dem Toaster, wandte das Gesicht dem Himmel zu und murmelte mit zusammengepressten Lippen: »Flammantia moenia mundi.« Im selben Augenblick zerschellte das kupferfarbene Licht an ihrer Brust, um gleich darauf an ihren Schulterblättern wieder auszutreten, woraufhin mich ein langer und durchdringender Schauder überlief. Auf einmal sah ich, wer oder was sie eigentlich war – eine Künstlerin ohne Werk, ein Kunstwerk für sich.

Nicht lange, und ich hatte ihr klar zu verstehen gegeben, dass ich ihr in jeder Hinsicht zur Verfügung stand, ob es darum ging, ihr einen Kaffee zu bringen, oder in ihrem Auftrag einen Mord zu begehen. Enriqueta las in mir wie in einem offenen Buch.

Ein Jahr später hinterließ sie mir an einem Sonntagmorgen eine Nachricht auf dem Anrufbeantworter, in der sie mir mitteilte, dass sie mich um fünf Uhr nachmittags an der Ecke Calle Suipacha, Avenida Sarmiento erwarte. Ich solle meine Badesachen mitnehmen. Als die brave Soldatin, die ich war, packte ich sofort meine Tasche. Und während ich mich der verabredeten Stelle näherte, rief ich mir eine Maxime in Erinnerung: Charakterbildung findet an Sonntagnachmittagen statt.

Als ich ankam, stand sie bereits vor der Tür und rauchte ihre übliche Gauloise. Wie immer zog sie daran bis zum letzten Millimeter, um den Stummel anschließend auf den Boden zu werfen und mit ihrem Stilettoabsatz auszutreten. Mit einer Handbewegung, in der eine große Vertrautheit lag, forderte sie mich auf, ihr zu folgen. »Du brauchst bloß ein Verbrechen zu begehen, und die Welt vor deinen Augen wird durchsichtig wie Glas«, murmelte sie und sah nach rechts und links, während wir das Badehaus Colmegna betraten, dessen in weiße Uniformen gekleidete Angestellte mit ihren rosigen und gleichzeitig strengen Gesichtern sie wie eine alte Bekannte begrüßten.

In einem feuchten Umkleideraum zog ich meinen Badeanzug mit dem ausgeleierten Gummi an und machte mich auf den Weg zum Schwimmbecken, in dem sich zu früheren

Zeiten die strammen Körper von Nixen und Neptunen getummelt haben mussten, jetzt aber lag es halb verlassen und mit teilweise losen Fliesen da. Über den Beckenrand verstreut saß, auf der Flucht vor Einsamkeit und Angst, eine Handvoll Greise mit schlaffer Haut und ließ die Beine ins Wasser baumeln.

Wenige Minuten später erschien auch Enriqueta. Erstaunlich schlank in ihrem schwarzen Badeanzug, kletterte sie wie eine schwungvoll ausgeführte Signatur die Aluminiumleiter hinunter und glitt ins lauwarme Wasser. Eine Zeitlang ließen wir uns schweigend nebeneinander dahintreiben. Es stimmt schon: Ein starker Wind trennt dich vom Rest deiner Spezies, das Wasser hingegen vereint.

Nach dem Baden hüllten wir uns in raue weiße Handtücher und wanderten wie Kartäusermönche einen Gang entlang, an dessen schmierigem Gummibelag die Fußsohlen haften blieben. Schließlich erreichten wir einen kleinen Raum mit Holzlatten an den Wänden. Darin mehrere breite Sitzreihen, wiederum aus Holz, und ein sehr feiner, lauwarmer, leicht nach Rosmarin duftender Dunst. Wir setzten uns einander gegenüber, legten uns dann jedoch, als wir feststellten, dass niemand sonst hereinkam, auf den Rücken und starrten an die Decke. Es war ein guter Ort, um nichts zu sagen. Die Greise hatten draußen unterdessen begonnen, das Schwimmbecken zu umkreisen. Man hörte das Quietschen der Rollatoren, ein seltsames Geräusch, das klang, als bestünden sie aus Eis. Allmählich hatte ich den Eindruck, mein Kopf sei von einer Wolldecke umhüllt, und schließlich fiel ich in einen leichten Halbschlaf.

»Wenn du erlaubst«, riss Enriqueta mich unversehens aus meinem Dämmer, »erzähl ich dir jetzt ein paar Dinge, die du wissen solltest.«

Vor meinem inneren Auge tauchte das Bild Garibaldis auf, wie er seinen Soldaten beim Aufbruch in Rom erklärte, was er ihnen anzubieten habe: Hitze und Durst während des Tages, Kälte und Hunger während der Nacht und Gefahr rund um die Uhr. Enriquetas Stimme war nicht rau und bestimmt wie sonst. Diesmal hörte sie sich seltsam entfernt an, als spräche sie von einem Pferd oder einem Berg aus, und ihre Sprache hätte ich unter anderen Umständen als biblisch bezeichnet. Dass das, was ich hier erzähle, das damalige Geschehen exakt wiedergibt, kann ich nicht behaupten, denn meine schlaffen Muskeln hatten sich gegen meine Konzentrationsfähigkeit verschworen. Dennoch bin ich sehr wohl imstande, zum Kern der Angelegenheit vorzudringen.

Vierzig Jahre lang hatte die aufrechte und unnahbare Enriqueta Macedo gefälschte Kunstwerke für echt erklärt. Für jedes falsche von ihr als Original ausgewiesene Gemälde erhielt sie eine Provision. Das machte sie aber nicht des Geldes wegen, sie wurde vielmehr im Namen der Kunst »zum Straftäter«, wie sie selbst es bezeichnete: Falsch waren ihrer Ansicht nach bloß Werke von zweifelhafter Qualität.

»Kann eine gute Fälschung etwa nicht ebenso viel Vergnügen bereiten wie ein Original? Ist das Falsche in einem gewissen Punkt nicht wahrhaftiger als das Authentische? Und besteht der eigentliche Skandal im Grunde genommen nicht darin, dass mit Kunst gehandelt wird?«, schleuderte sie mir entgegen, ohne meine Antwort abzuwarten. Sie war schließlich »die Nummer eins«, die graue Eminenz der Taxierungsabteilung – wie hätte ich ihr widersprechen sollen?

Diese erste Unterhaltung dauerte gerade einmal zwanzig Minuten, länger lässt es sich in einer Sauna nicht gut aushalten. Wir sollten aber noch mehrmals hierher zurückkehren. Schon bald war mir klar, warum Mafiabosse und andere

Gauner ihre Privatangelegenheiten an solchen Orten regeln – selbst der widerlichste Spitzel kann sich nicht verkabeln, wenn er keine Kleider am Leib hat. Ach! Die egalitäre Gerechtigkeit der Sauna! Mit nacktem Bauch lässt sich der Millionär vom Armen nicht unterscheiden, der Verbrecher nicht vom Anständigen.

Von da an sprachen wir über die wirklich wichtigen Dinge nur noch in jenem kleinen Raum. An manchen Tagen war der Dampf so dicht, dass Enriquetas Gestalt sich darin aufzulösen schien, und mich beschlich das Gefühl, ich sei in Wirklichkeit ganz allein hier und lauschte einer Stimme, die aus meinem eigenen Inneren zu mir drang.

Ich will bei meiner Erzählung aber zurückhaltend bleiben. Jedenfalls wurde ich so in die Welt des Verbrechens eingeführt. Endlich hatte ich das Gefühl, irgendwo dazuzugehören, und meine beiden Hälften – die, die nach Schutz suchte, und die, die auf Abenteuer aus war – waren zufrieden. Natürlich bekam ich auch immer wieder einmal Angst, und noch hatte ich keinen Philosophen bei der Hand, der mir erklärt hätte, dass kein starkes Gefühl ohne ein Quantum Schrecken auskommt.

Bald war offensichtlich, dass wir, sie und ich, identische Seelen besaßen, die sich nur hinter unterschiedlichen Masken verbargen. *Unsereiner*, wie Enriqueta, den großen Bernard Berenson zitierend, sich ausdrückte. Im Grunde waren wir zwei Romantikerinnen, die glaubten, mit ihren Streichen etwas gegen die herrschenden bürgerlichen Vorstellungen zu tun, gegen die Art, wie diese Leute die Welt betrachten – die Leute, die Kunst kaufen.

Enriqueta verlieh meinem Leben einen neuen Geschmack. Manchmal aßen wir abends in ihrer Wohnung in der Calle del Carmen Rührei, nach einem Rezept, dessen Geheimnis, wie sie mir verriet, darin bestand, eine Riesenmenge Butter zu verwenden, und sahen uns zusammen *F for Fake* an, Orson Welles' Dokumentarfilm, der für die Welt der Kunstfälschung das ist, was *Der Pate* für die Mafia bedeutet. Elmyr de Hory, der berühmteste Fälscher des 20. Jahrhunderts, war für uns der Vito Corleone der Kunst: Als Erster verwandelte er die Expertise des Kriminellen in etwas Komplexes, Edles, ja Heroisches. Wir verfolgten den Film mit großer Aufmerksamkeit, und jedes Mal entdeckten wir ein neues Detail, das Anlass für Unterhaltungen bot, doch Enriqueta lachte auch jedes Mal bei denselben Szenen, was sich dann anhörte, als rutschten ganze Tonnen Koks eine Rampe hinunter – ein Gelächter wie aus einer anderen Welt, das auf teuflische Weise ansteckend war.

Unsere Fälscher waren allerdings anders als Elmyr. Die meisten führten ein unscheinbareres Leben. Sie hatten an der Escuela de Bellas Artes studiert, es aber nicht geschafft, auf dem Kunstmarkt Fuß zu fassen, und gingen vordergründig anderen Tätigkeiten nach. Crosatto zum Beispiel war Klempner und zugleich Spezialist für Butler. Chacarita arbeitete in der Autowerkstatt seiner Familie und fertigte daneben makellose Quinquelas an. Suárez war zwar selbst ein bekannter Maler, doch aufgrund seiner angeborenen Neigung zur Grenzüberschreitung malte er auch Macciós, die, wie er behauptete, »besser als jeder Macció« waren. Dabei konnte er auf die Unterstützung der Sammlerfamilie Harte zählen. Und dann war da noch Mildred, eine ehemalige Bardame aus dem Dragón Rojo, der nachgesagt wurde, den Magritte aus der Sammlung Klemm gefälscht zu haben. Glaubte man Enriqueta, waren sie allesamt Könner, ja geradezu virtuos auf ihrem Gebiet, und doch besaß keiner von ihnen, was sie einmal bei der Negra wahrgenommen hatte: »Die ein wenig unheimliche Begabung, in die Seele des anderen zu schlüpfen.« Damals hörte ich diesen Namen zum ersten Mal.

Wir trafen uns mit dem Fälscher an dem Tisch ganz hinten rechts in der Bar Las Delicias an der Ecke Avenida Callao, Avenida Quintana. Mit dabei war Lozinski, ein Russe, der als Mittelsmann auftrat, während der Übergabe aber so gut wie nichts sagte, weil er die ganze Zeit damit beschäftigt war, etwas auf eine Papierserviette zu kritzeln. Enriqueta und er taten, als wären sie uralte Freunde, ihre Vergangenheit blieb aber stets unerwähnt. Für gewöhnlich bestellten wir Gin und ein Schälchen Erdnüsse, und nach ein paar beiläufigen Bemerkungen legte Enriqueta einen Umschlag mit dem Echtheitszertifikat auf den Tisch, während der Fälscher einen Umschlag mit Geld hervorzog, woraufhin beide wie zwei aneinander vorbeifahrende Autos über den Tisch geschoben wurden und den Besitzer wechselten. Anschließend zählten wir das Geld auf der Damentoilette nach. Enriqueta machte zwei möglichst gleich große Röllchen daraus, öffnete den obersten Knopf ihrer Bluse, schob sich die Röllchen in den Büstenhalter, knöpfte die Bluse wieder zu, betrachtete im Spiegel ihre ungewohnt großen Brüste und blies dazu auf die Spitze ihres Zeigefingers, als handelte es sich um den Lauf einer kleinen Pistole.

Ich spürte eine große Zuneigung zu ihr, fragte mich aber, ob meine Sympathie wirklich ihr galt oder doch eher meiner eigenen Art, zu denken. Enriqueta stand für alles, was ich bewunderte, mit dem Unterschied, dass sie es auch verkörperte. Bei der Bank wusste niemand außer uns davon. »Solche Dinge tut man im Stillen, oder man lässt es«, sagte Enriqueta. Wobei ich, ehrlich gesagt, kaum etwas tat – meine Sache war eher die *delectatio morosa*. Ich war eine Voyeurin, eine Begleiterin. Wenn es beispielsweise regnete, spannte ich den Schirm auf und hielt ihn ihr mit feierlichem Ernst über den Kopf, bis wir unser Ziel erreicht hatten; und wenn der

Regen aufhörte, übernahm ich es ebenso beflissen, die Spitze anzuheben, den Schirm vorsichtig auszuschütteln und anschließend sorgfältig zusammenzufalten und mir während des restlichen Wegs über den Unterarm zu hängen. Um die harten Fakten, das Rolodex, die Anrufe, kümmerte sich dagegen ausschließlich sie. Manchmal merkte ich im Anschluss an ein Treffen, dass sie mich verstohlen musterte. Ich glaube, sie wollte feststellen, wie dick mein Fell mittlerweile war. Aber keine dieser Machenschaften sorgte bei mir für Entrüstung – Enriqueta brauchte gar nicht erst zu versuchen, mir irgendwelche Flöhe ins Ohr zu setzen, ihre Ideen schlummerten längst in mir, bevor wir uns kennenlernten, sie weckte sie bloß auf.

Wenn mehrere Wochen lang kein einziges gefälschtes Gemälde in die Abteilung kam, steigerte unsere Weltverachtung sich zu erbittertem Hass, und ich vergrub mich in meinen öden Papierbergen. Aber jedes Mal tauchte dann doch irgendetwas auf, und das Blut rauschte wieder wie gewohnt durch unsere Adern. »Das zu tun hat einfach ein *je ne sais quoi*«, sagte Enriqueta daraufhin und rieb sich die Fingerspitzen wie ein übermütiges Eichhörnchen. »Für den unvergleichlichen kleinen Genuss, den man daraus zieht, hat man schon Kriege vom Zaun gebrochen, haben sich Familien zerstritten, Menschen ihre Karriere ruiniert.«

Eines Mittwochs erschien Enriqueta nicht im Büro. Für das folgende Wochenende hatten wir einen Besuch der Thermalbäder in Gualeguaychú geplant. Da sie schon seit Jahren nie gefehlt hatte, forderte mein Onkel Richard mich auf, in der Mittagspause bei ihr zu Hause vorbeizusehen. Mit dem Münztrick, den ich an dieser Stelle aber leider nicht genauer erläutern kann, war es kein Problem, in die Wohnung zu kommen.

Im Badezimmer lief das Wasser aus dem Hahn am Waschbecken. Enriqueta lag rücklings auf dem weißen Marmorboden. Sie hatte ihre gelbe Bluse und den grauen Bleistiftrock an, die dicken Waden steckten in Kompressionsstrümpfen. Von meiner erhöhten Position aus bot sich meinem Blick ihr weiß-grauer Haaransatz dar, er hatte etwas von einem Gletscher, der jeden Moment ungehemmt flussabwärts stürzen kann. Bis auf diese geringfügige Unstimmigkeit war jedoch alles in Ordnung – nirgendwo war Blut zu sehen, weder roch es schlecht, noch war sonst etwas Dramatisches zu bemerken. Wahrscheinlich war sie ins Bad gegangen, um einen Schluck Wasser zu trinken. Es gab bei ihr eine Reihe von körperlichen Leiden – seit sie dreißig war, hatte sie immer wieder Speiseröhrenentzündungen, später hatte man ihr eine Niere entnehmen müssen, und vor ein paar Jahren war noch Rheuma dazugekommen –, aber nichts davon war lebensbedrohlich. Was auch immer sie dahingerafft hatte, es war schnell gegangen. Ich bezweifle, dass sie das nahende Ende bemerkt hatte. Eine Woche später hätte sie Geburtstag gehabt. Sie wäre siebenundsiebzig geworden.

Lange stand ich ratlos da und spürte die seltsamsten Dinge, die keinerlei Kombination aus Körper und Bewegung hätte ausdrücken können. Irgendwann drehte ich den Wasserhahn zu und ging ins Wohnzimmer, aber das machte es nur schlimmer – von hier aus hörte ich glucksende Geräusche aus den Abflussrohren im Bad, als hätte sich in der Kehle des Gebäudes eine überwältigende Traurigkeit festgesetzt. Zum ersten Mal fiel mir auf, dass die Wohnung etwas Ärmliches hatte, so sauber und aufgeräumt alles auch war. Ein ungestrichenes Holzbett diente als Sofa, dazu gab es zwei alte Korbstühle, und die Wände verschwanden komplett hinter vollgestopften Bücherregalen. Die Inneneinrichtung war so kompromisslos wie Enriqueta selbst.

Da fiel mir der Pelzmantel ins Auge. Er hing hinter der Tür, und für mich stand fest, dass er von nun an mir gehörte. Ich probierte ihn an, schob die Hand in die Tasche und stieß auf etwas Metallisches. Ich holte es heraus und schaltete es an: Das Schwarzlicht wirkte irgendwie heller, obwohl es sich zweifellos um die altbekannte Lampe handelte. Weinend sank ich auf das Sofa. Ich glaube, ich weinte aus vielen verschiedenen Gründen. Manche hatten mit Enriqueta gar nichts zu tun. So ist das mit dem Weinen – wie das im Abflussgitter des Hofs zusammenströmende Wasser schwemmen die Tränen welke Blätter, vergessene Dinge heran. Irgendwann schlief ich ein, es kann aber nur ein kurzer Augenblick gewesen sein, denn just vom Akt des Einnickens wurde ich schlagartig wieder wach. Ich griff zum Telefon und tätigte mehrere den Umständen entsprechende Anrufe. Wenige Stunden später nahmen die Vertreter der Berufe, die vom Tod leben, ihre Arbeit auf, und ich wurde nicht weiter benötigt.

Am nächsten Tag stand ich am Eingang des Chacarita-Friedhofs, als eine Frau in alten Leinenschuhen auf mich zuschlurfte. Es herrschte sibirische Kälte, was ihr jedoch nicht das Geringste auszumachen schien, im Gegenteil, sie fühlte sich offensichtlich pudelwohl. Allem Anschein nach gehörte sie zu den Frauen, die ihre Stärke aus dem Unglück der anderen beziehen. Es war die Friedhofsaufseherin, und die reglos herabhängenden Markisen ihrer Lider verrieten ihre völlige Unfähigkeit zu jeder Art von Anteilnahme.

»Haben grad Personalmangel.« Über der rechten Brusttasche ihres grauen Kittels war das Wort »Frieden« eingestickt, das ehemals offenbar intensive Rot der Buchstaben hatte jedoch an Überzeugungskraft verloren. »Das Wachpersonal streikt. Letzte Woche haben sie hier eine Gruft geplündert, selbst die Bronzebeschläge haben sie mitgenommen.«

Hinter einer Zypresse trat ein Mann mit einem keilförmig auslaufenden Bart hervor und nickte mir ernst zu. Es war der Russe, der treue Lozinski. Er hatte seine grüne Militärjacke an, dazu hohe glänzend kirschrote Stiefel. Er hielt einen Strauß weißer Lilien in der Hand, der ein Vermögen gekostet haben musste. Rosen wären wesentlich billiger gewesen, Nelken bloß halb so teuer, aber weiße Lilien waren nun mal Enriquetas Lieblingsblumen, und dies war nicht der Moment, um zu knausern. »Blumen sind wichtig«, sagte Lozinski, als er näherkam. »Als Prokofjew starb, waren in ganz Moskau keine Blumen zu bekommen, alle waren für das Begräbnis Stalins verkauft worden.« Eine schöne, traurige Geschichte – ob sie stimmte?

Genau in dem Augenblick, als – eine Viertelstunde später – der Leichenwagen vorfuhr, öffnete die Aufseherin die Türen der Friedhofskapelle. Wir gingen hinein – der Russe, Enriquetas Arbeitskollegen, die auf den letzten Drücker angerannt kamen, mein Onkel Richard und ich. Der Sarg wartete bereits in der Nähe des Altars. Die Aufseherin zündete die Kerzen zu beiden Seiten der Gangmitte an, was überhaupt nicht nötig gewesen wäre, drangen doch durch die Fenster wie durch riesige Lupen die Sonnenstrahlen ins Innere. Früher oder später würden wir alle Asche sein.

Der Priester sprach von Großmut und Barmherzigkeit, Trauer und Schmerz, Hoffnung und Liebe, vermischte das Ganze zu einer Art Begriffssalat. Lozinski trat an den Sarg, ich tat es ihm gleich. Die Verstorbene hatte grellrot geschminkte Lippen, und das gepunktete Spitzentuch, das ihren Kopf umrahmte, hätte sie wahrscheinlich vollkommen geschmacklos gefunden, aber auch so strahlte sie Selbstsicherheit aus. Sie schien genau zu wissen, wohin sie unterwegs war, und das hatte ich an meiner geliebten Freundin immer schon als besonders verführerisch empfunden. Nach russischem Brauch legte Lozinski ihr Münzen auf die Augen und sagte dazu: »Möge ihr Einfluss sich weithin verbreiten.«

Dann klappte der Mann vom Bestattungsinstitut den Sarg zu, und wir begaben uns zu einem ausgehobenen Grab am Ende einer Lindenallee. Ein Gärtner war gerade rings um einige nahegelegene Gräber mit einem Rasenmäher zugange, schaltete sein Gerät bei unserer Ankunft aber respektvoll aus. Als der Sarg hinabgelassen worden war, warfen alle Anwesenden ihr erbärmliches Häufchen Erde darauf. Dort unten war es kalt und schlammig. Innerhalb weniger Wochen wäre das Holz verfault, und die Würmer würden sich über den Körper meiner Freundin hermachen, sagte ich mir und hätte dieser Pantomime am liebsten ein Ende bereitet. Vielleicht hatte Enriqueta ja bloß eine Katalepsie erlitten? Hätten wir nicht ihre Fußsohlen mit einer glühenden Eisenstange bestreichen müssen, wie früher in solchen Fällen empfohlen wurde? Falls sie auch dann nicht aufwachte, konnten wir die Beerdigung meinetwegen fortsetzen.

Die nun folgenden Worte des Priesters dienten bloß noch dem Zweck, die Leere, das Loch zu füllen, das zumindest ich im Inneren verspürte. Auf einmal entdeckte ich in der Ferne hinter ein paar Bäumen ein Taxi, es schien auf jemanden zu warten. Mir war, als beobachtete uns jemand mit einem Fernglas durchs hinuntergelassene hintere Seitenfenster, doch gerade als ich Lozinski darauf hinweisen wollte, wurde die getönte Scheibe hochgefahren, und der Wagen rollte davon. Da merkte ich, dass der Rücken des Russen sich in kleinen Krämpfen schüttelte, und ich wusste nicht, was ich dem weinenden alten Mann jetzt noch sagen sollte.

Der Gärtner schaltete den Rasenmäher wieder an, was ich als Signal verstand, dass die Beerdigung hiermit beendet war. Ich verabschiedete mich auf Französisch, soll heißen: grußlos. Später erfuhr ich, dass Enriqueta das Geld für ihr

Begräbnis in die Vorhangsäume eingenäht hatte. Die Polizei hatte es bei der Durchsuchung ihrer Wohnung entdeckt.

Ich fiel ins Leben.

Einmal rief ein Freund bei John O'Hara an, um ihm mitzuteilen, dass George Gershwin gestorben sei, woraufhin der Dichter in den Hörer schrie: »WENN ICH NICHT WILL, HABE ICH KEINEN GRUND, DAS ZU GLAUBEN!« Ich glaubte es allerdings schon – wenn die Tage vergehen, und ein bestimmter Mensch taucht nicht wieder auf, bleibt einem nichts anderes übrig, als zu glauben. Im Büro gingen die Geschäfte noch am selben Tag im gewohnten Rhythmus weiter, und ich setzte meine übliche Pantomime eine Zeitlang fort. Ich beschloss, den Schrecken und die Einsamkeit durch Arbeit zu bekämpfen.

Ich nahm Gemälde in Empfang, ordnete Kataloge, bediente das Telefon, ging mindestens fünfhundert Mal pro Tag hinunter ins Lager, bewusst über die Treppe und nicht mit dem Aufzug. In dem Versuch, mein Herz durch körperliche Erschöpfung zu betäuben, zwang ich mich, ständig in Bewegung zu sein, und ich spielte meine Rolle perfekt – aber wem wollte ich damit eigentlich etwas vormachen? Vom Hin und Her zwischen den beiden Welten war ich völlig erschöpft. Als wäre ein Schweißbrenner einmal durch mich hindurchgewandert, was mich äußerlich unverändert, innerlich jedoch völlig ausgebrannt zurückgelassen hatte. Mein physisches Gehäuse stand noch, im Inneren jedoch gab es nichts als ruhelos durch leere Höhlen zirkulierenden Teilchennebel.

Enriquetas ehemaliges Büro wagte ich nicht zu betreten, es kam mir vor wie ein Heiligtum. Sehen wir etwas, was die Übrigen nicht sehen, wenn wir jemanden vergöttern? Wäre sie länger auf dieser Welt geblieben, hätte ich möglicherweise entdeckt, dass sie anders war, als ich mir einredete. Aber sie blieb exakt so lang wie nötig, und die Lücke, die sie hinterließ, war so entsetzlich, dass mir das, was ich bis dahin als spaßige Möglichkeit betrachtet hatte, zur endgültigen Gewissheit wurde: Enriqueta verwandelte sich in mein durch nichts und niemanden zu übertreffendes Vorbild, meine ideale Mentorin, meine Ersatzmutter. Seit ihrem Tod liegt mein Herz unter einem Eispanzer begraben.

Die Bande der melancholischen Fälscher

Es gibt einen Ort im Inneren des Orkans, wo völlige Stille herrscht. Dort bin ich starr sitzen geblieben. Enriquetas Welt zieht stoßweise, in Schüben, an meinen Augen vorbei, doch ich rühre mich nicht vom Fleck.

Im Stadtteil Belgrano R, wenige Querstraßen vom gleichnamigen Bahnhof entfernt, gab es ein auffällig heruntergekommenes und stolzes Anwesen. Früher war es einmal ein Familiensitz gewesen, später hatten die Eigentümer es jedoch, um den Zusammenbruch hinauszuzögern, in ein Hotel verwandelt. Sie nannten es *Hotel Suiza*, in der Hoffnung, der helvetische Name werde eine betuchte Kundschaft anlocken. Die Kletterpflanze, die den Eingang zu überwuchern drohte, das quietschende Gartentor und die schwärzlichen Marmorstufen, die zur Tür hinaufführten, verliehen dem Ganzen allerdings einen ausgeprägt altersmüden, melancholischen und abenteuerlichen Anstrich. Kein Wunder, dass das Haus sich mit Bohemiens füllte.

Nach einer mit viel Gin und Zigaretten zugebrachten Nacht taufte der Mieter des am hinteren Ende liegenden Zimmers, ein romantischer Dichter namens Máximo Simpson, den Ort um in *Hotel Melancólico*.

Des Nachts segelt das Hotel Melancólico
dem Tode entgegen,
mit seinen schwarzen Fluren, auf denen Marschälle wandern,

im Dienst des großen Zaren Alexander ergraut,
mit seinen alten Samowaren und traurigen Korbflaschen
seinen zerbrochenen Fliesen, seiner erloschenen Aristokratie,
seiner illustren Patina –
kleine Archäologie des armen Pensionsgasts,
der sich inmitten von Ruinen die halbe Seele bewahrt hat.

Wer dort gewohnt hat, versichert, zwischen diesen Wänden die glücklichste Zeit seines Lebens verbracht zu haben. Vielleicht stellt die Sache sich ja im Rückblick schöner da, als sie war. Vielleicht auch nicht. Vielleicht gibt es tatsächlich so etwas wie »die glücklichste Zeit des Lebens«, eine Feststellung, die einen ganz schön traurig machen kann.

Das Hotel bestand genau genommen aus zwei durch einen mit Zypressen bestandenen Garten verbundenen Wohnhäusern. Im vorderen lebte die Verwalterin, Madame Maria Iwanowna Vadim, eine so luxuriös wie nachlässig gekleidete Russin mit Sympathien für die Weiße Garde, deren Vater, ein General im Dienst des Zaren, während der Bolschewistischen Revolution mit Frau und Tochter nach Prag geflohen war. Als der General und seine Frau wenig später starben, verwandelte ihre einzige Tochter sich schlagartig in eine alte Frau, lässt einen doch nichts so sehr altern wie der Tod der Eltern. Maria Iwanowna hätte daraufhin in Alaska landen können, aber das erste Schiff, das sie bestieg, nachdem sie von Prag nach Triest weitergereist war, brachte sie nach Argentinien. Nach ihrer Ankunft lösten sich mit der Zeit auch die letzten Mitbringsel aus der Heimat in Luft auf, und wirklich froh sollte ihre Besitzerin nie wieder werden, trotz der monumentalen Anstrengungen, sich nicht entmutigen zu lassen. Die einzige Verbindung zur Vergangenheit war die Freundschaft zu einem blutjungen Ex-Admiral der Flotte von Wladiwostok, Lozinski. In Buenos Aires hatten sich die beiden in dem Nachtclub Chez son Altesse kennengelernt. Der Admiral erschien regelmäßig am späten Nachmittag im Hotel und führte Madame Vadim am Arm durch den Garten. Gerne blieb sie vor dem Mimosenstrauch stehen, der bei Berührung die Blätter einklappt und so tut, als würde er eingehen, um sich erst wieder zu öffnen, wenn man sich entfernt hat.

Hinten, im zweiten Haus, lebten die Pensionsgäste – Künstler und Verliebte, bei denen, auf verschlissenen Sesseln fläzend, Gespräche dieselbe genussreiche Wirkung hervorzurufen schienen wie Musik. Alle waren sie intelligent, alle hatten sie die eine oder andere besondere Begabung, weit bringen sollte es aber keiner von ihnen. Über Politik sprachen sie nie, und sie hielten sich streng an die Regel, die Schuhe draußen, im Vorraum, auszuziehen – Madame Vadim hatte die Gewohnheit der russischen Museen übernommen, deren Besucher in Filzpantoffeln schlüpfen müssen, damit sie das Parkett nicht zerkratzen.

Das Gittertor steht offen. Auf dem Weg zum Eingang des Hotels stolpert Enriqueta über einen am Fuß der Treppe liegenden, nicht ordentlich aufgerollten Gartenschlauch. Zu ihrem Ärger bietet sie dabei einen ziemlich unwürdigen Anblick, es sieht sie jedoch niemand. Auf ihr Klingeln öffnet sich eine Tür aus kunstvoll bearbeitetem Walnussholz, woraufhin eine menschliche Gestalt unter den Rahmen tritt. Es handelt sich um die Negra höchstpersönlich, die Augen mit Kajal umrandet, der Blick hart wie Stein. Ihre Haut ist schwarz, aber nicht glänzend schwarz, sondern matt, als hätte die Sonne sie jeder Möglichkeit, ihr Licht widerzuspiegeln, beraubt. Sie trägt ein verwaschenes rotes T-Shirt, mit einem halben Dutzend münzgroßer, offensichtlich von Zigarettenglut verursachter Löcher, eine graue Wollhose und einen überraschend eleganten Gürtel aus schwarzem Krokodilleder. Hält man sich an die Vorgaben der Zeitschrift *Hola* des Jahres 1963, ist sie nicht nach der neuesten Mode gekleidet – sie hat weder einen Pagenschnitt noch ein Hütchen auf dem Kopf, und auch keinen Pelzkragen oder einen gerade geschnittenen Rock –, und trotzdem passt ihr das, was sie anhat, so perfekt, dass man meinen könnte, sie lasse sich nur von den besten Schneiderinnen des Landes Maßkleidung anfertigen.

»Na sowas – du hier! Was für eine Überraschung, komm rein!«

Das Hin und Her kennt Enriqueta bereits – einerseits möchte sie allein am sicheren Ufer bleiben, andererseits sehnt sie sich danach, von den anderen ins tiefere Wasser gezerrt zu werden. Die Negra zieht sie jetzt hinein. So hat es Enriqueta mir zumindest erzählt.

Was sind das für Leute? Sie haben etwas von einer heruntergekommenen Freimaurerloge, eine bunte Mischung vom sogenannten Schicksal oder Zufall zusammengeführter Persönlichkeiten. Enriqueta wird vom einen zum anderen geleitet, beugt sich schließlich der Verwalterin des Hotels entgegen, einer Rothaarigen mit einem auffälligen, zu ihrem Haar passenden falschen Rubin am kleinen Finger. Neben ihr steht Ex-Admiral Lozinski in seiner verschlissenen grünen Jacke.

»Madame Vadim, darf ich Ihnen meine verzogene Kleine vorstellen?«, sagt die Negra, und alle drehen sich zu ihnen um.

Aus einer Musiktruhe im Hintergrund dringen wilde Trompetenklänge. Die Männer tragen abgenutzte dunkle Jacketts und weiße Hemden – aber keine Schlipse – und haben Seitenscheitel. Ein Dichter mit buschigen Augenbrauen hat den Fuß aufs Kamingitter gesetzt und rezitiert eigene Verse. Ein

Ex-Kommunist spricht über Werbung, er strahlt die verzweifelte Energie mancher Schoßhündchen aus. Ein selbstsicher wirkender Lockenkopf ergeht sich in Ausführungen über eine neue Galerie, er ist vor allem ein Schurke. Die Frauen haben Kurzhaarschnitte à la Jean Seberg und tragen kleine Zweiteiler. Eine Chilenin fängt an, mit dem Dichter zu streiten – die Poesie müsse zum Volk sprechen, deshalb mache sie Musik. Eine andere, gertenschlanke Frau erweist sich als Übersetzerin. Ein wenig abseits steht ein blonder Mann mit weißer Haut und dreieckigem Fuchsgesicht und sieht zum Fenster hinaus. Er kommt aus der Ukraine, hat eine Fotokamera um den Hals und eine Aktenmappe in der Hand, in der er seine Negative aufbewahrt, die er keine Sekunde aus den Augen lässt. Alle kommen auf Enriqueta zu und entfernen sich anschließend wieder, bieten ihr schottischen Whisky an und fragen sich: Ist sie eine von uns?

Ab und zu wirft Madame Vadim einen Blick auf ein über dem Eichenholztisch hängendes Gemälde und ruft: »Za vashe zdorovie!« Dann unterbrechen die Gäste, was immer sie tun, und prosten ihr zu.

Auch Enriqueta betrachtet das Bild. Eine Frau in Seitenansicht, sie hat schwarzes Haar, funkelnde Augen und ist von Schnecken umgeben. Was Enriqueta bei dem Anblick empfindet, kann sie nicht in Worte fassen. Allerdings nichts Übernatürliches, so viel sei hier klargestellt.

»Mariette Lydis«, sagt sie schließlich.

Kurz darauf stellt Enriqueta entsetzt fest, dass sie mit dem Dichter tanzt, er erzählt ihr was über französische Taschendiebe. Die geschicktesten unter ihnen trügen angeblich künstliche Arme, die sie für alle sichtbar über der Brust kreuzten, um in ihrem Schutz umso dreister ihrer Arbeit nachgehen zu können. Als der Dichter einen Moment unaufmerksam ist, nutzt Enriqueta die Gelegenheit und lässt sich auf einen Sessel sinken. Der Ukrainer setzt sich neben sie und fängt an, vom Hotelgespenst zu erzählen: eine Frau, die nachts Eier aus der Küche klaue und im Garten vergrabe, damit es aufhört zu regnen und ihre Tochter gesund und unversehrt wieder auftaucht.

»Fühl dich wie zu Hause«, sagt die Übersetzerin, die so schlank ist, dass man sie für eine Erscheinung halten könnte. »Was Gäste angeht, sind wir ziemlich wählerisch. Aber wenn wir jemanden mal akzeptiert haben, ist er Teil der Familie.«

Wie bin ich eigentlich hier gelandet?, fragt sich Enriqueta, und da fällt es ihr wieder ein.

Sie kennen sich von der Escuela de Bellas Artes. Enriqueta und die Negra haben zusammen in der Kalkgrube gearbeitet und Fresken im Stile Corregios angefertigt. An der Kunsthochschule hat man ihnen das Kopieren beigebracht, das ist die Methode, mit der man dort das Malen lernt. Die Negra hat Enriqueta damals zur einzigen Freundin erkoren, allen anderen sprach sie ab, denkende Wesen zu sein, sie gestand ihnen bestenfalls einen Platz irgendwo am Ende der Nahrungskette zu, etwa in der Kategorie von Milben.

Von einer auf dem Tisch stehenden Schale weht ein grünlicher Duft zu ihnen herüber.

»Das sind Blumen aus Brasilien, unglaublich köstlich ... Wenn du die rauchst, findest du sogar Brigitte Bardot witzig«, sagt die Negra. Ihre vollen Lippen und ihr tiefes Lachen haben eine hypnotische Wirkung.

Dann dreht sie rasch und geschickt einen Joint, nimmt einen tiefen Zug und reicht ihn weiter. Enriqueta sieht ihr aufmerksam zu, und als sie an die Reihe kommt, zieht sie ebenfalls lange daran, inhaliert tief und stößt den Rauch erst nach einer Weile ganz langsam wieder aus. Als sie ihre Lunge fast wieder geleert hat, bekommt sie einen Hustenanfall. Alle Augen richten sich auf sie. Die Zigarette setzt ihre Wanderung fort. Als Enriqueta erneut an der Reihe ist, atmet sie vorsichtiger ein. Ihre Fasern treiben durch den Raum wie die Tentakel einer Seeanemone, dehnen sich aus, ziehen sich zusammen, ihr Hirn scheint Millionen Lichtjahre entfernt. War das Marihuana jener Tage halluzinogener oder einfach bloß reiner? Dieser Frage sollte ich nachgehen. Enriqueta nimmt seltsame Veränderungen an sich wahr. Die Sache fängt an, ihr zu gefallen, sie weiß aber, dass sie sich keinen Optimismus erlauben darf. Auf einmal bekommt sie Lust, niederzuschreiben, was ihr in diesem Augenblick durch den Kopf geht, lauter geniale Ideen glaubt sie zu haben. Sie wäre erstaunt, wenn sie erführe, um was für Banalitäten es sich handelt.

»Mit dem Bild bezahlen wir die Miete für sämtliche Zimmer, heute haben wir das Echtheitszertifikat bekommen«, sagt die Negra.

»Und um das zu feiern, hat Madame beschlossen, einen Haufen Geld aus dem Fenster zu werfen?«

»So ist es.«

»Ein auffälliges Bild, in der Tat.«

»…«

»So einen Lydis habe ich noch nie gesehen, äußerst perfekt, in jeder Hinsicht.«

»Dir entgeht wirklich nichts, Macedo.«

Die Negra sagt, sie wolle etwas unter vier Augen mit ihr besprechen. Sie gehen einen dämmrigen Flur entlang, durch die Fenster dringt intensiver Zypressengeruch. Sie kommen zu dem Zimmer, das die Negra sich mit der Übersetzerin teilt. Auf dem Bett der Negra liegt ein Exemplar von Kafkas

Amerika, auf dem anderen *Clea* von Lawrence Durrell, daneben eine Schreibmaschine. An den Fußenden jeweils eine mottenzerfressene Schottendecke.

»Worüber musst du mit mir reden?«, fragt Enriqueta, die sich auf einmal nicht mehr so wohlfühlt.

»Über den Lydis. Du hast recht ... Er ist nicht echt.«

»Wo habt ihr ihn her?«

»Stell dich nicht dumm ...«

»Hast du ihn gemalt?«

»...«

»Ist das Zertifikat auch gefälscht?«

»Nein. Das ist heute im Taxierungsbüro ausgestellt worden, ob du's glaubst oder nicht.«

»Weiß Madame Vadim, dass es eine Fälschung ist?«

»Sie ist eine Frau mit offenem Geist, sie hat einen Krieg hinter sich.«

»Aber ... warum erzählst du mir das alles?«

Es dämmert schon, ist aber noch dunkel, als Lozinski sie zum Bus begleitet. Viele Jahre später wird Enriqueta sich an diesen eindrücklichen Augenblick erinnern, den breiten Rücken des Russen, der sich auf dem Trottoir entfernt, und ihre eigenen verschwommenen Umrisse auf der Fensterscheibe des Busses. Sie, die geglaubt hatte, Gemälde verdankten ihre Entstehung nicht irgendwelchen historischen Umständen, sondern einer genialen Begabung, die ihr indes versagt geblieben war, hatte auf einmal ein richtiges Projekt.

An diesem Abend gestand die Negra ihr im Hotel Melancólico, dass sie jemanden im Taxierungsbüro brauchten, der ihre Bilder in Zukunft zuverlässig für echt erklärte. Der Lydis war durchgegangen, aber sie brauchten die Gewissheit, dass auch die nächsten Fälschungen keinen Verdacht erregten. Es würde selbstverständlich weitere Fälschungen geben, sie waren knapp bei Kasse – das waren sie immer –, und der Verkauf gefälschter Bilder erschien ihnen als Möglichkeit, schnell und einfach an Geld zu gelangen. Enriqueta mit ihren glänzenden Noten an der Escuela de Bellas Artes würde man im Taxierungsbüro nehmen, ohne mit der Wimper zu zucken – wer würde einer Jahrgangsbesten misstrauen? Um den Rest würde die Negra sich kümmern, hier im Hotel, in dessen riesigen Räumen man Ölbilder unbesorgt wochenlang trocknen lassen konnte. So entstand die Bande der melancholischen Fälscher.

Von Anfang an waren die Lydis die Spezialität der Negra. Die Gräfin Govone – diesen Namen hatte die aus Österreich stammende Mariette Lydis bei ihrer Heirat angenommen – lebte seit den vierziger Jahren in Buenos Aires und hatte sich hier durch ihre Porträts von Mitgliedern der besseren Gesellschaft einen Namen gemacht. Alle Familien, die etwas auf sich hielten, hatten ein von Lydis gemaltes Porträt an irgendeiner Wand im Haus hängen. Der oder die Porträtierte war nicht unbedingt der hübscheste Spross. Wie man sich erzählte, bevorzugte die Malerin selbst die *jolies laides*, weil sie sich bei ihnen die künstlerischen Freiheiten herausnehmen konnte, die die tatsächlichen Schönheiten der Familie ihr niemals zugestanden hätten. All diese Porträts weisen – als wären es Klone – bestimmte sich wiederholende Elemente auf: wässrige Pupillen, hohe Wangenknochen, platte Nasen, breite Münder.

Lydis war bei den Zusammenkünften der Oberschicht ein gern gesehener Gast, konnten die feinen Damen von Buenos Aires sich auf diese Weise doch dem wohligen Gefühl hingeben, der so ersehnte Glanz einer echten Gräfin strahle auf sie ab. Allmählich ließ die Begeisterung der Künstlerin für derartige Gesellschaften jedoch nach, und sie zog sich immer mehr zurück. Etwa um dieselbe Zeit tauchten die ersten Fälschungen ihrer Werke auf. Ihre Bilder verkauften sich damals gut, sie waren in Mode, aber nie so sehr, dass sie zum Hype oder abgenutzt geworden wären. Die Nachfrage blieb beständig, wie auch die Preise stabil. Zugleich machte niemand allzu viel Aufhebens um die Frage nach der Herkunft der Gemälde. Diese Art Bilder weckten nirgendwo Misstrauen, die Kontrollen waren lax, die heutige Paranoia noch unbekannt.

Jedes Bandenmitglied war ein unverzichtbarer Teil der Maschinerie, die entscheidende Begabung aber steuerte die Negra bei. Sie malte die Bilder, machte sie sich zu eigen, verwandelte sich Mariette Lydis' besonderen Blick an, doch statt schlicht zu kopieren, malte sie »im Stil von«, was eine gänzlich andere Kunstform ist, weil es die Fähigkeit voraussetzt, in den Kopf von jemand anderem hineinzuschlüpfen, und dazu braucht es ein gehöriges Maß an Einfühlung, an, ja – warum nicht? –, Genie. Sie war eine überaus originelle Fälscherin, falls es so etwas gibt. Wenn sie fertig war, fotografierte der Ukrainer das Bild; der Russe zeichnete mit seiner wunderschönen Handschrift, die er sich, seiner eigenen Aussage nach, während seiner Moskauer Schulzeit angeeignet hatte, für die Etiketten auf der Rückseite der Bilder verantwortlich; der Werbespezialist, der immer Anselmo-Spinelli-Sakkos trug, brachte das Bild in die Galerie; die Galerie leitete es an das Taxierungsbüro weiter, wo Enriqueta, die sich bereits die ersten Sporen verdient hatte, umgehend ein Echtheitszertifikat ausstellte. Anschließend kehrte das Bild in die Galerie zurück, bis sich ein Käufer fand; oder aber es wurde einem Versteigerungshaus übergeben. Alles war ganz einfach, fast zu einfach, und so arbeitete die Bande der melancholischen Fälscher zeitweilig wie ein perfektes Uhrwerk. Ihre Mitglieder, die davon lebten, dass sie die Reichen übers Ohr hauten, fühlten sich wie durch ein brüderliches Band verbunden. Ja, manche behaupteten sogar, Lydis selbst stehe an der Spitze des Unternehmens, habe sich ganz in ihre Wohnung zurückgezogen und kommuniziere nur noch über die Negra mit der Außenwelt. Das war das goldene Zeitalter der Fälscherkunst.

Es wäre zu erwarten gewesen, dass sich die Bandenmitglieder nach einer gewissen Zeit miteinander überworfen hätten, dass es Streit um Macht oder Geld gegeben hätte. Die Geschichte der Kunst ist voller Beispiele von Gruppen, die es keine drei Jahre miteinander ausgehalten haben, aber in diesem Fall war es anders. Die Band spielte unverdrossen weiter, was sich dagegen änderte, war der Publikumsgeschmack. Als der Werbespezialist wieder einmal mit einem neuen Lydis in der gewohnten Galerie erschien, hieß es unversehens: »Sag der Negra, dass die Dinger nicht mehr laufen.«

Für eine Virtuosin wie die Negra war das kein Problem. Sie machte sich daran, falsche Spilimbergos, Bernis und Baldúas anzufertigen, und diese gelangen ihr ebenfalls gut, wenn auch nicht ganz so hervorragend wie die Lydis, die ihr ganz leicht und vollkommen natürlich von der Hand gingen. Gambartes wiederum schien einfach zu fälschen, aber er hatte dennoch seine Tücken, weshalb die Negra sich kurzerhand im Haus des Malers als Putzfrau verdingte. Während das Ehepaar Gambartes Mittagsschlaf hielt, schlich sie sich ins Atelier und durchstöberte die Arbeitswerkzeuge und Materialien des Künstlers. Señora Gambartes misstraute einer solch ungewöhnlichen Frau und nahm sich bei deren Aufbruch ihre Tasche vor – vielleicht auch, um ihr eine scheinbare Diebesbeute unterzuschieben. Statt Eiern oder Mehl hatte die verführerische Putzfee jedoch die Pinsel ihres Gatten eingesteckt.

Indem die Bande auch im übertragenen Sinn die Palette ihrer Künstler erweiterte, vergrößerte sie zugleich ihr Absatzgebiet. Aus der Ferne betrachtet, scheint die Unternehmung von da an ihren romantischen Charakter verloren zu haben. Nun kamen auch Auftragsarbeiten hinzu, viele von einem privaten Sammler. Dessen beste Figaris waren angeblich allesamt von der Negra gemalt. Bewiesen wurde das nie. Ehrlich gesagt, ist nichts von alldem je bewiesen worden. Sicher ist hingegen, dass mehrere Bandenmitglieder regelmäßig auf dem Landgut des Sammlers zu Gast waren, nicht weit von Buenos Aires, in der Nähe einer militärischen Anlage. Auf dem Landgut befand sich auch eine riesige Bibliothek antiquarischer Bücher, die des Öfteren von Borges aufgesucht wurde, sowie eine Gemäldegalerie, in der Dutzende Figaris und ein ausgezeichneter Chagall ausgestellt waren. Der dazugehörige Park war umrahmt von einer Gruppe bizarr verdrehter Bäume, die aussahen, als hätte ein sadistischer Gärtner sie beschnitten. Im Sommer verschwanden sie vollständig unter Kletterpflanzen, doch wenn diese im Herbst ihre Blätter abwarfen, kamen mehrere Stahlskulpturen von Enio Iommi zum Vorschein.

Dann gab es eine Unterbrechung. Angeblich überwarf die Negra sich mit dem Sammler, als sie feststellte, dass der Maler Rodolfo Ruiz Pizarro, nur weil er ein Mann war, für die gleiche Arbeit besser bezahlt wurde. »Männer schaffen Werke, Frauen kopieren«, hieß es in Fälscherkreisen. Ebenso hieß es, in den Fälschungen der Negra hätten sich Anzeichen allmählicher Versteinerung bemerkbar gemacht, in Klartext: Sie waren nicht mehr so gut. Mit Gewissheit sagen lässt sich nur, dass von einem Tag zum anderen keine Bilder der Negra mehr auftauchten, und ungefähr zur gleichen Zeit verschwand sie selbst. Als Enriqueta sich im Hotel nach ihr erkundigte, sagte man ihr, sie sei ausgezogen, ohne eine neue Adresse zu hinterlassen. Eine Weile versuchte sie noch, sie aufzuspüren, gab es zuletzt aber auf, weil niemand ihr weiterhelfen konnte.

Nach und nach verließen auch die anderen Mitglieder der Bande das Hotel, das wenig später an einen Schweizer Nonnenorden verkauft wurde. Damals galt Enriqueta bereits als die »Nummer eins« des Taxierungsbüros.

Zum letzten Mal kreuzten ihre Wege sich Ende der achtziger Jahre, in einer dieser Winternächte, in denen die Katzen dicht an die Mauern gepresst an einem vorbeihuschen. Enriqueta wartete gerade an einer Ampel im Stadtzentrum, als sie sie näherkommen sah. Sie hinkte leicht, als wäre einer ihrer Absätze kaputt. Ab und zu blieb sie bei einem Mülleimer stehen und schnüffelte darin herum. Ein Schal verdeckte ihre untere Gesichtshälfte. Hatte sie Angst, sich zu erkälten? Das bezweifle ich. Hatte sie sich Schweigen auferlegt? Schon eher. Mehrere Sekunden lang kreuzten einander zwei Energieströme. Mit dem, was man sich gemeinhin unter einer Frau vorstellt – eine von denen, die sich beim Friseur Strähnchen machen lassen, das gute Geschirr der Familie erben und im Supermarkt Rabattpunkte sammeln –, hatten beide nicht das Geringste zu tun. Ich rede von nächtlichen Kreaturen. Trotzdem gehörten sie inzwischen getrennten Welten an, sie sahen sich, erreichten einander aber nicht mehr. Die Negra ging an ihr vorbei. Mit versteinertem Blick, wie eh und je. Wo will sie hin?, fragte sich Enriqueta. Wohin will diese Frau?

»Und dann? War das alles?«, fragte ich, als sie mir die Geschichte zum ersten Mal erzählt hatte.

»Es wurde jede Menge geredet, aber geglaubt habe ich nichts davon«, erwiderte Enriqueta.

Wie König Shaka, der seine Soldaten zwang, über Dornen zu laufen, damit sie ihre Fußsohlen abhärteten, hatte Enriqueta ihren Charakter mit Enttäuschungen gegerbt.

Von all den Geschichten, die sie mir in der Sauna erzählte, klingt diese bis heute am stärksten in mir nach. Ob sie stimmte? Solche Einzelheiten, Blicke, blitzartigen Erleuchtungen erfindet man nicht. Keine Ahnung. Enriqueta beherrschte die Kunst des Fabulierens wie keine andere. Ich habe selbst mitangehört, wie sie für Bilder, die »einen kleinen Schubser« brauchten – wie sie sich ausdrückte –, um auf dem Markt zu bestehen, die haarsträubendsten Provenienzen erfand – dem »großen Bruce Chatwin« konnte sie mühelos das Wasser reichen. Aber dass deshalb all das erfunden sein soll?

Die Galerie der erleuchteten Frauen

»Haben wir eine unwiderstehlich schöne Musik gehört, ist danach alles andere bloß Getröpfel aus dem Wasserhahn.« Diese schlechte Übersetzung eines Gedichts von Jim Harrison beschreibt exakt, wie ich mich nach Enriquetas Tod fühlte, wie arm die Welt seither für mich geworden war. Ohne sie war ich eine Kuh ohne Weide – sollte ich reden wie eine Romanheldin, bitte ich um Geduld, ich werde meine Stimme schon noch finden.

Einige Monate später kündigte ich beim Taxierungsbüro und stürzte mich aufs Erstbeste, das mir einfiel. Ich wurde Kunstkritikerin. Nicht dass mich dieser Beruf besonders gereizt hätte. Eigentlich las ich bei Kunstkritiken immer nur die ersten fünf, sechs Zeilen sowie die letzten zwei, drei und fragte mich anschließend: Was ist bloß los mit diesen Leuten? Lag's an einer traumatischen Kindheit? Doch Enriqueta hatte mich aufs genaue Sehen trainiert, und daher erschien mir Kunstkritik plötzlich als einfacher Ausweg. Schon bald kam ich bei einer Zeitung unter. Dort riss sich niemand darum, über Kunst zu schreiben, ich hätte also gewarnt sein müssen.

Meine neue Aufgabe bestand darin, über Ausstellungen in der Off-Szene zu berichten. Die alteingesessene Kritikerin hatte schon vor Jahren jedes Interesse daran verloren. Diese Frau wäre ein eigenes Kapitel wert, hier aber werde ich sie à la Félix Fénéon mit einem Dreizeiler abhandeln:

»Die Kritikerin war auf Wein aus, den es bei den guten Ausstellungen aber nie zu trinken gab. Außerdem litt sie an einer interessanten Art von Kleptomanie. Sie klaute ausschließlich Gegenstände, die schwer zu verstecken waren: Schüsseln, Trinkschalen, Lampen.«

Dass ich sie mochte, werden Sie sich denken können. Bald stellte ich fest, dass es, hat man die Methode einmal durchschaut, ziemlich einfach ist, über Kunst zu schreiben. Man betrachtet das infrage stehende Kunstwerk, übersetzt das, was man sieht, in Worte und reichert das Ganze mit ein paar Spekulationen an, die man für passend hält. Gibt das eigene Sehvermögen nicht genug her, kann man auch über das Werk schreiben, indem man sich geschickt da und dort fremde Worte zusammenklaubt. Ich glaube, die Leute verachten die Kritiker, weil sie alles verachten, was schwach ist, und die Kritik steht nun einmal auf der untersten Stufe der Literatur. Aber genau diese Schwäche macht andererseits ihren besonderen Reiz aus – Straflosigkeit scheint hier garantiert.

Zunächst setzte die alteingesessene Kritikerin noch ihren Namen unter meine Beiträge, da sie aber nicht kniepig und ihr im Grunde ohnehin längst alles egal war, ließ sie mich schon bald selbst als Autorin firmieren. In gedruckten Buchstaben wird ein Name zu einer Waffe mit hoher Durchschlagskraft. Es dauerte nicht lange, und ich hatte meine festen Leser, hob oder senkte den Daumen, und konnte die Entwicklung der Kunst vielleicht nicht gerade umkehren, ihren Kurs aber durchaus beeinflussen. An diesen letzten Strohhalm klammerte ich mich. Heute dagegen liegt die Macht bei den Kuratoren.

Damals sah ich mir die Folgen der Fernsehserie *Perry Mason* an, in denen es um die Kunstwelt ging, oder ich lieh mir den Film *Laura* aus, in dem der Kritiker Waldo Lydecker, in der dampfenden Badewanne liegend, Texte verfasst, die mit einem Federstrich ganze Karrieren ruinieren. Ich glaube, die Videothek bei mir an der Ecke hatte ihr Überleben um die Jahrtausendwende ausschließlich mir zu verdanken. An manchen Abenden verzichtete ich allerdings bewusst darauf, den Fernseher einzuschalten, woraufhin mir ersatzweise Enriqueta im Traum erschien. Wir wanderten durch ein Museum, wo weder Bilder noch Skulpturen ausgestellt waren, und Enriqueta gab unaufhörlich Aphorismen von sich wie eine weise Königin, aber nicht aus Prahlerei, vielmehr drückte sich darin ihre Liebe zur Knappheit aus.

Diese Träume wurden bald das Schönste, was das Leben mir damals zu bieten hatte. Wenn ich daraus erwachte, setzte ich meine aufgeräumte, ruhige Daseinsweise fort. An manchen Tagen dachte ich, dass ich es auf Dauer nicht würde aushalten können – ich fing an zu weinen, so sehr langweilte ich mich. Welch ungeheuerliche Sache ist doch unsere Vergangenheit, vor allem, wenn sie so aufregend gewesen ist. Wie sehnte ich mich nach den alten Zeiten zurück. Doch wie Bach, der darum bat, ihn niemals bewaffnet außer Haus gehen zu lassen – er fürchtete, ihn könne plötzlich Mordlust befallen –, hielt ich mich von allen Verlockungen fern. Wenn während einer Arbeitspause die Rede auf einen kürzlich entdeckten Fall von Kunstfälscherei kam, sah ich augenblicklich zur Seite. Ich blickte auf die draußen vor dem Fenster blühenden Lapacho-Bäume, in Wirklichkeit betrachtete ich jedoch Dinge, die tief in mir verborgen lagen.

Manchmal wird die trostlose Eintönigkeit der Tage auf grandiose Weise unterbrochen. Eines Abends, als außer mir niemand mehr in der Redaktion war, stellte ich beim Aufblicken vom Schreibtisch fest, dass ein alter Mann in grüner Militärjacke auf mich zukam. Er schien am Rand eines Abgrunds entlangzuwandern, immer kurz davor, in die Tiefe zu stürzen, sich aber jedes Mal im letzten Augenblick zu retten. Er trug stark eingefettete kirschrote Stiefel. Ich erkannte ihn sofort: Lozinski. Der sieht aber schlecht aus, sagte ich mir und glaubte, um mich stehe es wesentlich besser.

»Sehen wir uns also wieder«, sagte ich gelassen, als würden alle naslang irgendwelche Geister der Vergangenheit vor mir auftauchen. »Wie geht's denn so?«

»Da bin ich, Fräulein M., in Würde gealtert«, erwiderte er auf angemessen alte und würdige Weise.

Ich hielt ihm eine Schale mit Walnüssen hin. In letzter Zeit hatte ich stets Walnüsse in Reichweite, so wie Rachmaninow Pistazien, der damit seine Ängste verscheuchen wollte. Lozinski setzte sich mir gegenüber.

Zunächst sprachen wir nicht etwa übers Wetter, sondern über die Vergangenheit, was indes nur eine andere Art ist, übers Wetter zu reden. Lozinski erzählte, dass man in der Zarenzeit gut gelebt habe und dass sein Vater im Jahr 1918 zu Lenin ins Smolny-Institut gegangen sei, um ihn um Arbeit zu bitten, als was, habe er jedoch nie erfahren.

»Apropos Arbeit, ich habe etwas für Sie«, sagte er gleich darauf unvermittelt.

»Aha, Lozinski, ein letzter Kick kurz vor dem Ende, oder wie?«

Ich kannte Matilde nur aus Beschreibungen, trotzdem war ihr Aussehen mir so vertraut, als wären wir seit Urzeiten befreundet gewesen. Sie und die Negra hatten sich ein Zimmer im Hotel Melancólico geteilt. Sie war so mager, dass man bei ihrem Anblick an einen vorzeitig aus dem Nest gefallenen Vogel denken musste. Mit gekreuzten Beinen saß sie auf dem Bett neben ihrer Olivetti mit eingespanntem Durchschlagpapier und las Gedichte französischer Surrealisten. Sie liebte die Malerei, ja sie trug dies als direkte Nachfahrin Marc Chagalls im Blut, allerdings war ihre Muttersprache nicht Russisch, sondern Englisch. Sie hatte einst Julio Cortázar unterrichtet und exquisite Übersetzungen für die mythische Editorial Sudamericana angefertigt, und das zur Blütezeit der Hohepriester der Übersetzungskunst. Als dann nicht nur die Nacht die Straßen von Buenos Aires verdüsterte, war sie nach Barcelona gegangen, wo sie Tolkien übersetzt hatte. Von den einstigen Bewohnern des Hotel Melancólico hielt sie nur noch zu Lozinski Kontakt, sie schrieb ihm regelmäßig. »Man sagt mir, meine Tolkien-Übersetzung sei sehr schön und poetisch geworden, ich dagegen habe bei Tolkien nie so etwas wie Poesie entdecken können. Ich hätte all diese Bücher lesen müssen, als ich noch jünger war. Jetzt bin ich schon ein alter Hase, und vieles kommt mir verfälscht vor.« Inzwischen wohnte sie auf Ibiza, in dem Altenheim Cas Serres, und kam mit dem Geld gerade so über die Runden.

»Ich glaube, sie hat dort kaum jemanden zum Reden«, sagte Lozinski, während er die letzte Walnuss aus der Schale nahm. »Die meisten alten Leute auf Ibiza sprechen Dialekt. Für Matilde muss sich das anhören wie Hühnergegacker.«

»Warum sind Sie hier, Lozinski?«, unterbrach ich ihn.

Der Russe lächelte. Er öffnete ein Päckchen Lucky Strike, holte ein Feuerzeug aus der Innentasche seiner grünen Jacke, ließ das Rädchen kreisen, und ein Flämmchen stieg auf.

»Was ich eigentlich sagen wollte, Fräulein M. ...«

Er verstummte und ließ den Kopf sinken wie ein Spielzeugkaninchen, dessen Aufziehmechanismus kaputtgegangen war, aber daran lag es nicht. Er hatte den Kopf gesenkt, weil er nach etwas suchte.

Ich weiß nicht, wo er ihn auf einmal herzauberte. Beim Hereinkommen hatte er ihn, soweit ich gesehen hatte, jedenfalls nicht dabei gehabt. Jetzt hievte er ihn mit einiger Anstrengung auf den Tisch und schob ihn zu mir herüber. Der Lederkoffer war offensichtlich schon seit Langem nicht geöffnet worden. Die Schnalle war verrostet. Ich holte ein

Taschenmesser aus der Schreibtischschublade und fing an, vorsichtig an dem Schloss herumzustochern. Irgendwann sprang die Schnalle auf. Das Erste, was sich meinem Blick darbot, war ein sorgfältig mit Bindfaden verschnürtes Briefbündel, daneben ein Stapel Postkarten. Darunter befanden sich, durch Butterbrotpapier voneinander getrennt, mehrere Lithografien, und noch weiter unten Bücher und Zeitungsausschnitte. Das war nicht alles, aber ich will nicht durch allzu ausführliche Schilderungen ermüden. Die Grundidee war mir da jedenfalls bereits klar.

»Was ist das?«, fragte ich der Form halber.

»Erinnerungsstücke ... Dinge, die einmal – na, Sie wissen schon – jemandem gehört haben ...«

»Ja, ich kann lesen ... Mariette Lydis ... Sind das Originale?«

»Soweit ich weiß, ja.«

»Und wo haben Sie das her?«

Nie wieder sollte ich Lozinski so lange an einem Stück sprechen hören:

»Ich war Madame Vadims einziger Erbe, und ich habe den Lydis aus dem Hotel Melancólico, der in der Pension Staub angesetzt hat. Und diese Sachen hier gehören auch mir, Madame hat sie im Lauf der Jahre erworben, weil ihr Großvater Dimitri, der an einem Kiewer Museum als Konservator arbeitete, sie gelehrt hatte, dass der Wert eines Gemäldes steigt, wenn es eine Geschichte hat. Nach dem Tod von Mariette Lydis fing Madame an, alles zusammenzutragen, was ihr irgendwann gehört hatte. Sie freundete sich mit dem Pförtner des Hauses an, in dem die Gräfin gewohnt hatte, sie durchwühlte die Taschen, die nach ihrem Tod einem Armenhaus übergeben wurden, und besuchte regelmäßig alle möglichen Flohmärkte. Vor dreißig Jahren konnte man dort noch die wunderbarsten Dinge finden. Ganz zu Ende bringen konnte die arme Madame ihr Vorhaben nicht mehr, sie hinterließ mir aber eine ganze Reihe von Anweisungen. Ich solle wachsam sein, Lydis werde eines Tages wieder in Mode kommen. Als ich vor einigen Wochen vom Balkon aus den Sonnenuntergang verfolgte, kam mir eine Idee. Vielleicht ist es jetzt so weit, sagte ich mir. Schließlich bricht auch Minervas Eule in der Dämmerung zu ihrem Rundflug auf.«

»Worauf wollen Sie hinaus?«, unterbrach ich ihn.

Eigentlich war mir klar, worauf er hinauswollte – Männern gelingt es selten, Frauen etwas vorzuschlagen, was diese nicht längst ahnen.

Der Russe lächelte, er hatte großes Vertrauen in sein abgenutztes Lächeln.

»Ich habe die schönen Dinge«, erwiderte er, »Sie haben den scharfen Verstand, und meine Freundin Matilde braucht Geld ... Hat uns drei nicht der Himmel zusammengeführt?«

»Zweifelsohne, Lozinski, zweifelsohne.«

Unversehens standen wir von Angesicht zu Angesicht inmitten einer moralischen Wüste ohne schützenden Schatten oder erquickendes Wasser. Das Gemälde aus dem Hotel Melancólico hatte sich von sich aus auf den Weg zu mir gemacht, ich war nicht hinter ihm her gewesen. Genau besehen, hatte ich überhaupt nichts getan, eine Lebenshaltung, die sich durchaus kritisieren lässt, ein Verbrechen ist sie jedoch nicht. Ich spürte, dass Enriqueta hier insgeheim die Fäden zog, von wo aus auch immer. Der Plan lag für mich offen zutage: Eine Künstlerin mit Vergangenheit, ein Sammler mit Zukunft, ihre Vereinigung galt es zu fördern – gemeinsam würden wir eine Versteigerung von Lydis' Hinterlassenschaften organisieren. An diesem Punkt hätte ich innehalten, dem Russen für sein Vertrauen danken, aufstehen und ihn zur Tür geleiten müssen. Aber ich tat es nicht. Stattdessen nahm ich die Lucky Strike, die er mir anbot.

Wir kehren zurück zu dem, was wir wissen.

Habe ich über all dies ernsthaft nachgedacht? Ich glaube, ich kann es bloß oberflächlich getan haben – irgendwann zwischen dem Abend, an dem ich dem Russen gegenübersaß, und dem nächsten Morgen, als ich zum Hörer griff, um meinen Bekannten im Versteigerungshaus anzurufen.

»Das ist doch eine einmalige Gelegenheit, etwas Gutes zu tun«, sagte ich zu Alfonso, während ich die Gabel ungewöhnlich langsam über meine Zunge gleiten ließ. Alfonso befand sich wohl in einem imaginären Gespräch mit einem unsichtbaren Dritten, denn er erwiderte:

»Ich trage vor allem deswegen Schnurrbart, damit ich meine Sünden von gestern Nacht riechen kann.«

Er legte seine Hand auf meine. Alfonso gehört zu den Leuten, die glauben, dass sie, wenn sie sich nie in jemanden verlieben, von allen geliebt werden. Vielleicht hat er recht.

Ich spürte, dass ich rot wurde – diese schelmische Farbe, an der aber nicht wir selbst schuld sind, sondern unser Blut, das sich machtvoll vom Herzen aus seinen Weg bahnt. Als ich mit dem Vorschlag herausrückte, die Hinterlassenschaften von Mariette Lydis zu versteigern, schien Alfonso jedoch von der steilen erotischen Rutsche, die er soeben erklommen hatte, augenblicklich wieder hinunterzuklettern, was ich unter anderem daran erkannte, dass er schlagartig die Hand zurückzog, die er auf meiner hatte liegen lassen. Im weiteren Verlauf der Unterhaltung hörten seine Augen deshalb aber keineswegs auf, Funken zu sprühen, im Gegenteil. Er hörte aufmerksam zu, doch nicht aus Höflichkeit, vielmehr hatte er, wie ich später erfuhr, bereits einen potenziellen Kunden. Ich beglückwünschte mich, ich hatte also genau zur richtigen Person Verbindung aufgenommen. Alfonso fragte nicht einmal, ob die Sache sauber sei. Allerdings bat er mich, sorgsam vorzugehen. Sein gnadenloser, geradezu französischer Zynismus ließ mich nicht unbeeindruckt.

Er lud mich zu sich nach Hause ein, um das Gespräch unter vier Augen fortzusetzen, und nach mehreren Gläsern Johnnie Walker fühlten wir uns angeregt genug, unser Vorhaben in allen Einzelheiten durchzugehen.

»Aber glaubst du nicht, dass er was merkt?«, fragte ich in einem Moment äthylischer Schwäche.

»Etwas merkt? Wovon denn?«

»Keine Ahnung, sind Sammler denn nicht besessen von dem Thema Fälschungen?«

Dem Blick, den Alfonso mir daraufhin zuwarf, glaubte ich die Worte zu entnehmen: Fälschungen? Selbst in Museen gibt es jede Menge Werke, die irgendwann mal für echt gehalten wurden, und als man den Irrtum bemerkte, hat man sie trotzdem hängen lassen, einfach, weil sie so gut sind.

Ich vergaß meine Zweifel. Wir kamen überein, dass ich die notwendige intellektuelle Hintergrundarbeit leisten würde, Alfonso die Ergebnisse aber anschließend, um keinen Verdacht zu erregen, als eigene Nachforschungen präsentieren würde, eine unter den Mitarbeitern von Auktionshäusern durchaus übliche Vorgehensweise. »Einen Toten zum Leben erwecken« nennen sie es, wenn es darum geht, einen vergessenen Künstler wiederzuentdecken, und die mit dieser Aufgabe Betrauten bezeichnen sie als *Resurrection men*. Zufrieden machte ich mich auf den Heimweg, endlich wusste ich wieder, was ich mit meinem Leben anfangen sollte. Ach ja, wenn ich daran denke, wie mutig ich damals war, wird mir klar, dass ich zu der Zeit ein völlig anderer Mensch gewesen sein muss!

Gelegenheit ist nur ein anderes Wort für Versuchung, wie man so sagt. In den folgenden Tagen gewöhnte ich meinen

Kopf daran, mein Vorhaben so intensiv zu betrachten, dass es mir irgendwann selbst lobenswert erschien.

Die »Operation Lydis« würde es mir ermöglichen, eine Künstlerin davor zu bewahren, endgültig im Morast des Vergessens zu verschwinden. Das Geld, das dabei zusammenkam, würde vollständig dafür verwendet, einer sanftmütigen alten Übersetzerin in einem Altenheim auf Ibiza zu helfen. Der Auftrag war einfach und entbehrte nicht des Edelmuts, trotzdem zitterten mir die Hände, als hätte der Teufel sich ihrer bemächtigt. Ich weiß, dass dieser Gegner die Flucht ergreift, wenn er auf Widerstand stößt, aber ich war meinerseits erschöpft davon, ständig zu widerstehen. Und sind unsere Schwächen nicht ohnehin schöner als unsere Stärken? Ich las alles über Mariette Lydis, was ich in die Finger bekam, und setzte mich dann an den Schreibtisch, um den Katalog zusammenzustellen. Ich ging in der Tat sehr sorgsam vor, denn wer außerhalb des Gesetzes lebt, muss anständig sein, wie es in einem Song von Bob Dylan heißt, der diese Weisheit wiederum aus Don Siegels Film *Der Henker ist unterwegs* geklaut hat. Es ist nun einmal so: Die Menschheit insgesamt ist letztlich ein einziges großes Buch, aus dem man sich, bewaffnet mit Schere und Klebstoff, seine eigene Erzählung basteln kann. Ungefähr das mache ich hier. Ich schrieb die ganze Nacht hindurch, und als ich fertig war, blies ich auf die Spitze meines Zeigefingers – wie meine Mentorin in ihren besten Zeiten.

VERSTEIGERUNGSKATALOG

NACHLASS MARIETTE LYDIS
Enthält unter anderem eine Postkartensammlung,
Briefbeschwerer und Gouachen der Künstlerin
1. April 1991, 14:30 Uhr
AUKTIONSHAUS SÁNCHEZ DÁVILA

Los 1
Postkarte mit Abbildung der *Highland Princess*
Mindestgebot: US$ 500

Im Juni 1914, kurz vor Ausbruch des Ersten Weltkriegs, bestiegen fünf Studenten der Royal Academy of Arts einen Zug nach Bristol. Die britische Marine wollte eine neuartige Tarnmethode mit dem Namen *razzle-dazzle* erproben. Ihr Erfinder, der Fischer und Künstler Norman Wilkinson, hatte den Kommandeuren des Leitgeschwaders seine Idee zuvor erläutert: Selbst das bestausgestattete deutsche U-Boot sei außerstande, die Entfernung eines vor ihm befindlichen Objekts zu bestimmen, wenn dieses sich als wirres Strahlenbündel präsentiere. Der Trick bestand darin, für einen optischen Vibrationseffekt zu sorgen, der die englischen Schiffe gewissermaßen ultra-sichtbar machte ... sichtbar bis zur Blendung. Wenige Tage, nachdem Wilkinson grünes Licht für seine Experimente erhalten hatte, machten sich die Studenten der Royal Academy im Hafen von Bristol daran, auf Gerüsten und zugleich hinter Planen verborgen, insgesamt sechzig Schiffe mit schwarz-weißen, grün-roten oder gelb-schwarzen Linienmustern zu bemalen – die Art von konstruktivistischen Experimenten, die von den Lehrern am Bauhaus bei ihren Schülern befördert werden sollten, nachdem die deutschen U-Boot-Kommandeure Jahre später bei der Rückkehr ihre Erfahrungen mit den Fata Morganas auf hoher See geschildert hatten. In militärischer Hinsicht war dem *razzle-dazzle* weder ein besonderer Erfolg noch Misserfolg beschieden, aus schlichter Gewohnheit fand es jedoch auch im Zweiten Weltkrieg Verwendung. Die gerade in See gestochene *Highland Princess* sieht jedenfalls aus wie ein frisch verziertes Osterei. Oder ein Seezebra.

Los 2
Koffer aus Schweinsleder
Mindestgebot: US$ 2.000

Zweihundertfünfzig Passagiere gehen an Bord, unter ihnen vierzig Kinder, die ohne Eltern unterwegs sind und fröhlich die Rampe hinaufhüpfen, als führte diese in einen Vergnügungspark. Als gute Wienerin hat Gräfin Mariette Lydis Govone kein Interesse an Kindern, sondern bloß Augen für ihren Pudel. Böse Zungen behaupten, sie benutze ihn, um sich zu befriedigen. Das Hündchen sitzt in seinem Reisekorb, neben den schweinsledernen Koffern der Gräfin, die mit den aufgeprägten Initialen M. L. G. verziert sind. Bei dem vielen Gepäck dürfte eine ganze Herde Yorkshire-Schweine dafür draufgegangen sein. Das lackierte Geländer krampfhaft umklammernd – ihre Handschuhe bekommen Flecken davon –, beobachtet die Gräfin, wie sich das Ufer entfernt. Ihr Blick wirkt abwesend, aber romantisch ist daran nichts.

Los 3
Skizze der Gräfin Castiglione
an Bord der *Highland Princess*
Mindestgebot: US$ 3.000

Beim Reisen, heißt es, merkt man, dass man in Wirklichkeit gar nicht existiert. Als die *Highland Princess* bereits den dritten Tag unterwegs ist – die Fenster sind mit Brettern verrammelt –, taucht ein feindliches Flugzeug am Himmel auf, und schon bald hört man das Pfeifen der Geschosse, nie jedoch irgendwelche Detonationen. Mariette holt ab und zu Zeichenheft und Stifte hervor, mit nur einem Blick erfasst sie alles, was sie von ihrer Umgebung will. Sie sieht die hochgewachsenen Engländerinnen, die nachlässig gekleideten Amerikanerinnen und die rundlichen Deutschen. Eine Italienerin erregt ihre Aufmerksamkeit, sie spricht Toskanisch mit ihrem Mann und Deutsch mit ihrer Gesellschafterin, sie wählt die jeweilige Sprache aus, als entscheide sie sich für Törtchen in einem Café. Als sie Lydis auf Französisch fragt, ob sie Künstlerin sei, erwidert die: »Ich bin Amateur.« Dann zeigt sie der anderen ein paar Zeichnungen. Die falsche Bescheidenheit dient dem Zweck, Lob einzuheimsen. Als die beiden allein in der Kajüte sind – Frauen können nur Freundinnen sein, wenn sie unter sich sind –, zeichnet Lydis die andere. Die Italienerin ist fügsam, die Italiener beherrschen einfach die Kunst des Posierens für ein Porträt. An manchen Tagen ist das Meer so ruhig, dass nicht das geringste Geräusch von draußen hereindringt. An anderen Tagen pfeift der Wind, und das Schiff bekommt Schlagseite, sodass man sich an Bord eher kletternd denn gehend fortbewegen muss. Der Steuermann erklärt der Gräfin, das komme daher, dass die Kohle unter Deck so schlecht gelagert sei. Wichtigtuerisch weist er sie auf eine grünlich-schwarze Linie am Horizont hin. »Ist das etwa schon die Küste?«, fantasiert sie. »Nein, da tummeln sich die Haie.«

Los 4
Vertrockneter Birkenzweig
Mindestgebot: US$ 25

Baden bei Wien ist der älteste Kurort mit Thermalquelle in Österreich. Die Römer nannten ihn Thermae Pannonicae. Sein schwefelhaltiges, 33 bis 37 Grad warmes Wasser wirkt gegen rheumatische Erkrankungen und Gicht. Mozart begleitete seine Frau hierher und komponierte, in die aufsteigenden Dämpfe gehüllt, sein »Ave verum corpus«. Beethoven suchte in Baden nach Heilung für sein Gehörleiden, der Wasserdampf machte die Sache aber nur schlimmer, am Ende schien es, als habe er einen Stopfen Wachs im Ohr. Um die Jahrhundertwende wandelten große Gruppen in weiße Badetücher gewickelter Menschen mit Birkenzweigen in den Händen durch die beheizten Galerien der Thermalbäder. Hier, in Baden bei Wien, kam Marietta Ronsperger zur Welt, später bekannt als Mariette Lydis, noch später als Gräfin Govone.

Los 5
Perlenkette
Mindestgebot: US$ 25.000

Auch in der Hohenstauffenstraße dringt der schweflige Geruch des Wassers durch die Fenster im Haus der jüdischen Familie Ronsperger. Die ist, was derlei angeht, unempfindlich. Mariettas Vater war ein Meister in der Kunst, die Frauen um den Finger zu wickeln, und er nutzte sein Talent, um ihnen Perlenketten zu verkaufen, was bis zur Erfindung der künstlichen Perlen ein sehr einträgliches Geschäft war. Ihre Mutter war eine strenge Erzieherin. Ihr älterer Bruder besaß einen schweifenden, irrenden Blick, und in ihrer Not wandten die Eltern sich an Doktor Krantz, einen Neurologen, der eine bedeutende zweibändige Untersuchung zum Thema veröffentlicht hatte. Aber auch er gelangte zu keiner eindeutigen Diagnose. Eines Morgens verließ die Mutter sehr früh mit dem Sohn das Haus. Marietta beobachtete durchs Fenster, wie die beiden den Augarten durchquerten. Die Mutter kehrte erst nach Einbruch der Dunkelheit zurück, allein.

Los 6
Neues Wiener Tagblatt vom 23. November 1888
Mindestgebot: US$ 500

Die Morgenausgabe des *Neuen Wiener Tagblatts* bringt Nachrichten aus der Hauptstadt. Im Burgtheater hat ein gewisser Klimt gerade ein Deckengemälde mit dem Titel »Der Wagen des Thespis« fertiggestellt, der Maler scheint mit seiner Arbeit jedoch nicht recht zufrieden. Er ist in einer alten Welt gefangen und möchte doch nichts lieber, als das Neue erforschen. Auf einer Entwurfsskizze hat er versucht, die Darstellung zweier sich küssender Frauen ins Bild zu schmuggeln, aber Baron von Wilbrandt, der für die Ausgestaltung des Theaters verantwortlich ist, hat die Umsetzung verhindert. Weitere Meldungen: In Wien sind die Gaslaternen durch elektrische Lampen ersetzt worden. Seither sieht man im Prater immer wieder, wie junge Leute sich absichtlich einen kleinen Schlag holen. Ihre Liebe zur Moderne bringt viele dieser jungen Menschen ins Krankenhaus. Kronprinz Rudolf fördert den Gebrauch des Fernsprechers, für seine Wiener Zeitgenossen ist dieser Gegenstand jedoch eine barocke Spielerei – Anrufe sind zeitlich begrenzt, sie dauern maximal zehn Minuten, sechs davon gehen allein durch die damit verbundenen protokollarischen Volten verloren. Das Fräulein vom Amt in Baden fragt das Fräulein vom Amt in Wien: »Gestatten die Dame, einen guten Tag wünsch ich. Es ist mir eine Ehre, Sie mit seiner Exzellenz Baron von Wilbrandt zu verbinden. Der Herr Baron übermittelt seinerseits Eurer Exzellenz seine ergebensten Grüße ... Selbstverständlich, ja, würde seine Exzellenz sich überglücklich schätzen, sollte sich im Folgenden die Gelegenheit für ein Gespräch mit Eurer Exzellenz eröffnen ...« Was Fortschritt bedeutet, haben die Bewohner Österreichs noch nicht ganz begriffen.

Los 7
Foto von Kaiserin Sisi auf dem Rücken von Nihilist
Mindestgebot: US$ 800

Am Ende des 19. Jahrhunderts ist selbst das Wasser der Donau trüb geworden. Berichten zufolge sind in mehreren Familien Typhuserkrankungen aufgetreten. Gegen ihren Willen bereist Marietta Persien, Griechenland, die Lombardei, Marokko und die Schweiz. Wenn es nach ihr ginge, würde sie ausschließlich im Innern ihres Kopfes reisen. Ihr Kindermädchen ist eine Cousine der berühmten Fanny Angerer, die als Friseurin im Dienst der Kaiserin Sisi mehr verdiente als ein gestandener Universitätsprofessor, und sie kennt Geschichten, die Trips im Wortsinn sind: Um der Tradition junger Ausreißer die Ehre zu erweisen, flieht Kaiserin Sisi aus Wien. An ihrem neuen Wohnsitz auf Madeira galoppiert sie auf dem Rücken ihres Lieblingsarabers Nihilist durch die Gegend. Das Haar reicht ihr bis zum Knöchel, sie trägt es jedoch vorzugsweise als Zopfkrone, auch wenn deren Gewicht ihr schreckliche Nackenschmerzen bereitet. Sie ernährt sich ausschließlich von Eis und Weißbrotstückchen, legt ihr Mieder noch feucht an, sodass es ihr, wenn es getrocknet ist, die Taille noch stärker zusammenschnürt. Nachts umwickelt sie ihre Waden mit Steakscheiben, das soll die Haut tonisieren. Und als sie fünfunddreißig wird – also das Alter erreicht, in dem die Frauen allmählich austrocknen –, verdeckt sie ihr Gesicht mit einem Lederfächer: »Ich halte den Fächer oder den Schirm vor mein Gesicht, damit der Gedanke an den Tod ungestört arbeiten kann.« Ein Melodram, ja, aber ein richtig gutes. An dieser Stelle drängt die junge Marietta ihr Kindermädchen jedes Mal, sich zu beeilen, um endlich bei Sisis letzten Jahren und ihrer berühmten Schönheitengalerie anzukommen. Während eines Venedigaufenthalts fing die

Kaiserin an, Fotografien aus ganz Europa zu sammeln. »Ich lege mir ein Schönheiten-Album an und sammele nun Fotografien, nur weibliche dazu. Was Du für hübsche Gesichter auftreiben kannst, bitte ich Dich, mir zu schicken«, schrieb sie ihrem Schwager Erzherzog Ludwig Viktor damals. Auch Marietta nimmt sich vor, eine eigene Schönheitengalerie zusammenzustellen, ihre Schönheiten aber will sie selbst malen. Sie träumt davon, Künstlerin zu werden, ihre Eltern widersetzen sich dem Wunsch jedoch und machen ihr damit, ohne es zu wissen, das Geschenk der Notwendigkeit.

Los 8
Briefwechsel Lydis / Bontempelli
Mindestgebot: US$ 1.200

Innerhalb weniger Jahre wandelt sich der Mythos vom glücklichen Wien zum Mythos vom neurotischen Wien, und da Frauen für ihre Sorgen und Nöte üblicherweise praktische Lösungen finden, verlässt Marietta 1915 Wien an der Hand von Jean Lydis, einem griechischen Millionär. Fortan heißt sie Mariette Lydis und wohnt in der Nähe von Athen. Es war wie im Paradies, aber sie war dafür nicht geschaffen. »Von dem Moment, da ich dich sah, spürte ich die Löwinnen in mir umherstreifen«, schrieb sie an Massimo Bontempelli, den italienischen Schriftsteller mit dem Haar in der Farbe der Finsternis, der eines Tages in der Athener Villa aufgetaucht war. Bontempelli, der eine Gleichgesinnte in ihr erkannte, lud sie nach Paris ein.

Los 9
Orientalisierende Kohlezeichnungen
Mindestgebot: US$ 1.500

Sie war schön, ja, aber sie wäre noch schöner gewesen, hätte sie vollere Lippen gehabt. Aber auch so übte sie eine Anziehungskraft aus, dank der sie in kürzester Zeit die Luft aus einem Zimmer sog. Schon allein dieses blonde Haar, das wie von innen zu leuchten schien, dazu die seevogelgrauen Augen und die sehnsuchtsvolle Aura, die sie umgab. In Paris stellte Mariette Lydis zum ersten Mal ihre Zeichnungen aus. Es waren Bilder mit orientalischen Einflüssen, wahrscheinlich hatte ihre lüstern-sinnliche Vorstellungskraft entscheidende Anstöße durch die Persienreisen ihrer Mädchentage erhalten.

Los 10
Charles Baudelaire, *Les fleurs du mal*, G. Govone: Paris 1928. Mit farbigen Illustrationen von Mariette Lydis. Nr. 115 einer Auflage von 290 auf Hollande-Pannekoek-Papier gedruckten Exemplaren.
Mindestgebot: US$ 2.500

Auf einem Empfang an der Rive Gauche lernte sie den Grafen Govone kennen, Verleger von Les Presses de l'Hôtel de Sagonne. Ihr erster Auftrag für ihn waren Illustrationen zu Baudelaires *Blumen des Bösen*. Dank der französischen Angewohnheit, jeden irgendwie bekritzelten Zettel aufzubewahren, können wir heute auf einem ausgerissenen Notizblatt nachlesen, dass das Paar laut Govone durch eine »heftige und wenig vernünftige Leidenschaft« verbunden war. (Los *Chers papiers*, Seghers: Paris 1991.) Aus der Österreicherin Mariette Lydis wurde die Gräfin Govone.

Los 11
Serie von Aquarellen mit Blumenmotiven
Mindestgebot: US$ 5.000

Auf die orientalistischen Einflüsse folgte unversehens eine Phase verlorener Mädchen und unseliger Heiliger, üppiger Blumensträuße im Stil der Holländerin Rachel Ruysch und seltsamer Mutationen bei Kaninchen, Sittichen, Eidechsen und Schwänen sowie später, oder auch gleichzeitig, an Hogarth erinnernde Kokotten und Verbrecher, die einen Kritiker dazu brachten, sie als »eine Botticelli in einer Dostojewski'schen Welt« zu bezeichnen.

Los 12
Bildnis einer Unbekannten, Ölgemälde, um 1920
Mindestgebot: US$ 1.000

»Marquées par la rêverie fatale«, sagen die Kritiker in Bezug auf die seltsamen Pupillen der von ihr porträtierten Frauen. Manche Franzosen bejubeln sie, andere behandeln sie wie eine Hexe. Sie ist eng befreundet mit Henry de Montherlant und verbringt viele Nächte am Quai Voltaire, in einer Festung mit Blick auf die Seine, die dem Schriftsteller gehört.

Los 13
Foto von Lydis, Kisling und Foujita, um 1920
Mindestgebot: US$ 1.500

Die Augen der Gräfin sind mit Kajal umrandet, das orientalische Pulver ist in Mode, seit Colette es in ihrem Buch über die Geheimnisse der Kosmetik heiliggesprochen hat:

»Plagt Sie bei Tage die Sonne und in der Nacht das künstliche Licht, so verwenden Sie Kajal, selbst des Nachts.« Lydis nahm sich die Freiheit, sich des Nachts in schlecht beleumundeten Etablissements herumzutreiben. In ihrem Lieblingslokal Chez Palmyre erhielt sie privaten – teuflisch privaten – Französischunterricht bei Madame Palmyre höchstpersönlich. Hier lernte sie auch Foujita, Kisling und den Vizconde de Lascano Tegui kennen. Letzterer erzählte ihr zum ersten Mal von Buenos Aires.

Los 14
Fliegerjacke von Amelia Earhart,
Eigentum von Mariette Lydis
Mindestgebot: US$ 55.000

Sie wollte in ihrer Lockheed Electra die Welt umrunden. Das war der einzige Flug, der ihr noch fehlte. Da sie weder Tee noch Kaffee trank, hatte Amelia Earhart Riechsalz dabei, um sich unterwegs wachzuhalten. Auch eine Haarbürste hatte sie im Gepäck – nach der Landung wollte sie anständig frisiert vor die Kameras treten. Am 2. Juli 1937 meldete sie sich zum letzten Mal per Funk bei dem Kreuzer *Itasca*: »Wir müssen irgendwo oberhalb von Ihnen sein, aber wir können Sie nicht sehen ... Der Treibstoff geht zur Neige ...« Danach gab es keinerlei Funksignal ihres Flugzeuges mehr. »Suche nach Amelia in der Umgebung der Howlandinsel«, meldete die *Poste Parisienne* noch stundenlang. Vor dem Abflug hatte Amelia der Gräfin Lydis ihre alte Fliegerausrüstung übergeben: eine Lederjacke, eine Mütze und eine Schutzbrille. Alles voller Ölflecken. »Warum fliegst du?«, hatte Lydis gefragt. »Um mich von mir selbst zu entfernen«, lautete Amelias Antwort.

Los 15
Gedichtband von Muriel Spark, erschienen bei The Hand and Flower Press
Mindestgebot: US$ 1.100

Als die Nazis kurz davor stehen, die französische Grenze zu überrennen, fliehen die Gräfin Govone und Erica Marx nach Winchcombe, ein englisches Dorf am Rand der Cotswolds. Erica ist eine Enkelin von Karl und arbeitet in Paris im Verlag des Grafen Govone. In Winchcombe mieten die beiden Frauen ein Haus in der Hale Street, nebenan ist der Gemüsehändler, gegenüber der Fleischer. Zum Zeitvertreib gründen sie The Hand and Flower Press, einen Verlag, spezialisiert auf die Veröffentlichung unbekannter Dichter, unter ihnen Muriel Spark. Abends übt Lydis das Aufsetzen der Gasmaske. »Ich versuche, mich an die Stromausfälle zu gewöhnen«, schreibt sie dem Grafen Govone, der nach Italien gegangen ist. Aber der Krieg zehrt an ihren Nerven. Eines Tages besorgt sie sich ein Billett für die *Highland Princess* – das letzte Schiff, das England noch ungehindert verlässt.

Los 16
Foto von Chittagong
Mindestgebot: US$ 150

Im Hafen von Buenos Aires sieht Mariette Lydis die *Highland Princess* zum letzten Mal. Gezogen von zwei Schleppern entfernt sie sich langsam von der Küste, passiert eine Boje, dann noch eine und noch eine, erst danach werden die Stahltaue gelöst, und die Schiffsschraube hinterlässt ihre schaumige Spur. Zwei Jahre später wird das Schiff allem *razzle-dazzle* zum Trotz in Liverpool von einem Torpedo getroffen. Nach dem Krieg wird der griechische Unternehmer und künftige Magnat John Latsis es kaufen und – obwohl es, glaubt man Seeleuten, Unglück bringt, Schiffe umzubenennen – auf den Namen *Marietta* taufen, ausgerechnet ... Welches Ende das Schiff genau nimmt, ist nicht bekannt, im fünften Band von Duncan Haws' *Merchant Fleets in Profile* steht jedoch, es sei im Hafen von Singapur von einer Seemine erwischt worden und auf Grund gelaufen, woraufhin es sich in einen geheimen Treffpunkt von Methadonsüchtigen verwandelt habe. Seine letzten Tage verbringt es in Chittagong, auf einem gespenstischen Schiffsfriedhof an der Küste von Bangladesch, wo alte Kähne ausgeschlachtet und zu feinen Stahlplatten umgearbeitet werden.

Los 17
Sammlung von Briefbeschwerern aus Baccarat
Mindestgebot: US$ 15.000

Europa wirft sie ab wie eine alte Schlangenhaut. Lydis erkennt sofort, welche Möglichkeiten ihre Wahlheimat bietet. In Buenos Aires wohnt sie zunächst in einer Suite im Hotel Plaza, später bezieht sie die Wohnung, in der sie bis an ihr Lebensende bleiben wird: Calle Cerrito 1278, zwischen den Straßen Juncal und Arenales. Eine Zeitlang wacht sie nachts immer wieder auf – in ihrem Inneren wogt noch das Meer. Außerdem ist es erstickend heiß. Zum ersten Mal verbringt sie Weihnachten fern von Europa. Der Graf schickt ihr zu diesem Anlass achtzehn Baccarat-Briefbeschwerer, damit sie die Hände an dem Glas abkühlen kann.

Los 18
Escape from Anger, Buch von Robert Manfred (Pseudonym von Erica Marx)
Mindestgebot: US$ 2.200

Erica schreibt ihr aus Kent: Der britische Geheimdienst überwache das Cottage, weil die mit John Avery verheiratete Prostituierte Una Wing dort Unterschlupf gefunden habe. Avery, Spross aus reichem Hause und Hitler-Kollaborateur, endet schließlich am Galgen. »Der wohlerzogenste Verräter, den ich je kennengelernt habe«, erklärt Erica. Nach dem Krieg verkauft sie den Verlag, bezieht ein Hausboot auf der Themse und fängt an, sich mit Radiästhesie, Tontherapie und diversen paraphysischen Phänomenen zu beschäftigen. In dieser Zeit verfasst sie einen Text unter dem Titel: »Tragen die Menschen einen Kompass in der Nase?« Darin spricht sie unter anderem von einem winzigen Magnetitkristall in unserem Inneren, der sich zwischen den Augen beziehungsweise genau hinter der Nase befinde. Auch bei Brieftauben, Lachsen und weißen Haien solle dieses Mineral vorkommen. Es übernimmt die Funktion einer Kompassnadel und hilft uns, uns in der Welt zu orientieren. Manchmal kehrt Erica mit einer großen zweizackigen Gabel aus Holz nach Winchcombe zurück und wandert auf der Suche nach Magnetfeldern durch die Gegend. Wahrscheinlich vermisste sie Mariette, und all diese Unternehmungen gehörten in die Kategorie »Dinge, die man macht, um den inneren Kompass nicht zu verlieren«.

Los 19
Nocturne, Lithografie, 1939
Mindestgebot: US$ 8.000

Der deutsche Kunsthändler Federico Müller ermöglicht es Lydis, zum ersten Mal in Buenos Aires auszustellen. In seiner Galerie in der Calle Florida präsentiert sie Zeichnungen, Ölgemälde, Stiche und Lithografien. Der Katalog enthält einen Text ihres alten Freundes Montherlant, in dem es heißt: »Welch großer Künstler ist doch der Mensch, der Mann und Frau zugleich sein kann! Mariette Lydis ist solch ein Mensch.«

Los 20
Enfant des bois, Zeichnung, 1944
Mindestgebot: US$ 12.200

Nur unter Aufbietung sämtlicher ihr als Künstlerin zur Verfügung stehenden Tricks gelingt es Lydis, die Nachteile ihres Emigrantendaseins in Trümpfe zu verwandeln. In Buenos Aires festigt sich ihr Stil. Männer tauchen auf ihren neuen Porträts kaum noch auf. Die Frauen beherrschen die Szenerie, und alle weisen ein gemeinsames Merkmal auf: volle, ein bisschen pervertierte Lippen, wässrige Pupillen und leuchtende Iris. Die aufgequollenen Münder nehmen den maßlosen Einsatz von Botox vorweg, der die Stadt fünfzig Jahre später heimsuchen wird. Der Waschbärblick gleicht dem von Daryl Hannah in *Blade Runner*. Und den Neon-Effekt, dieses seltsame innere Leuchten der Augen, finden wir später in Stephen Kings *Kinder des Zorns* wieder. Sie malt Frauen, die kurz davor sind, sich in Tiere zu verwandeln, beziehungsweise Tiere, die sich gerade in Menschen verwandelt haben. Lydis' Bilder aus dieser Zeit verströmen den matten und etwas kränklichen Glanz der Goldfische, die Ludwig XV. aus China importieren ließ, um Madame de Pompadour bei Laune zu halten.

Los 21
Soucis et Plaisir de Cynthia, Ölgemälde, 1951
Mindestgebot: US$ 3.200

In Lydis' Atelier gelangt man über eine Terrasse, die an einen hängenden Garten erinnert. Die feinen Damen von Buenos Aires versorgen sie mit Schülerinnen. Eine von ihnen – sie hat Lydis vor sechzig Jahren Modell gestanden, will ihren Namen hier aber nicht erwähnt sehen – erzählt: »Meine Mutter brachte mich zu ihr und holte mich nach zwei Stunden wieder ab. Während der Sitzungen bot die Gräfin mir Eis an. Sie ergriff eine gläserne Glocke und läutete, woraufhin eine Sekretärin erschien, die von ihr mit ›Ye‹ angesprochen wurde. Sie machte mir Angst, weil sie stets Anzug und Krawatte trug. Ein Mädchen – sie hieß Maria Karen und war ihre Schülerin – zeichnete haargenau wie sie, was die Gräfin zur Weißglut trieb. Einmal sagte Lydis beim Abholen zu meiner Mutter: ›Dieses Mädchen ist meine Kreation.‹ Meiner Mutter sträubten sich die Haare. Aber wir sahen uns wirklich sehr ähnlich. Eines Tages lud sie mich zu sich aufs Land ein, doch meine Eltern erlaubten es nicht. Später reisten wir zusammen nach Venedig, wo Bilder von ihr ausgestellt wurden, darunter mein Porträt. Das muss etwa 1952 gewesen sein. Die Galerie lag am Canal Grande, und sämtliche Gemälde, um die dreißig Stück, zeigten Mädchen, die ihr alle ein wenig ähnelten. Mir hatte sie geradezu absurd volle Lippen verpasst, weshalb meine Mutter, als das Bild wieder bei uns in Buenos Aires war, kurzerhand zu Pinsel und Farben griff und versuchte, die Lippen schmaler zu machen. Danach sah das Bild noch seltsamer aus.«

Los 22
Blätter mit Aufzeichnungen aus Lydis' Nachttischschublade
Mindestgebot: US$ 1.500

GABRIELLE: Halb Araberin, halb Französin. Malerin, sitzt Modell, um mit dem Geld später die Kunsthochschule zu bezahlen. Verheiratet, intelligent, ernst.

OLGA: Klein, schmachtender Blick, Haarschnitt à la garçonne. Neurasthenikerin, verbringt Stunden vor dem Spiegel. Will meine Freundin sein. Freundschaften schließe ich nur langsam, warne ich sie vor. Man sagt, Sie mögen Frauen, erklärt sie. Wer nicht?, erwidere ich. Adiós, Mademoiselle, sage ich beim Abschied. Sie sieht mich an und antwortet mit tiefer Stimme: Nenn mich Olga.

RENÉE: Dunkle Haut, volle Lippen. Als sie weg war, wartete ich auf ihren Anruf. Ich dachte: Telefon, kleiner schwarzer Gott, läute, oder ich erwürge dich.

Los 23
Étude de petite fille aliénée, Zeichnung, 1940
Mindestgebot: US$ 1.500

Enthalten in einem ihrer Notizbücher, dazu der Kommentar: *Die Nervenheilanstalt – egal, ob Athen, Paris, Mailand, Marokko, Buenos Aires, in allen Irrhäusern dieser Welt derselbe Ge-*

stank. Der einzige Unterschied: die Menge an Fliegen – aber dass es sie gibt, scheint unausweichlich. Überall ist Weiß die vorherrschende Farbe, was dem Ganzen etwas Mittelalterliches verleiht. Es gibt hier zwei Arten von Frauen (wirres ungekämmtes Haar haben sie alle): die mit glänzenden Augen und die mit erloschenem Blick. Ihre Stimmen haben einen metallischen Klang, als steckte ihr Kopf in einer Gießkanne. Sie pinkeln im Stehen an Ort und Stelle, wie Pferde.

Los 24
Mariette Lydis zugeschriebene *Gravures risquées*
Mindestgebot: US$ 1.500

»Etwas in mir ist so instabil wie Wasser«, schreibt sie in ihr Notizbuch. Sie befindet sich in der Boutique des Fleurs, an der Ecke des Hotels Plaza. Hier gibt es englische und französische Bücher zu kaufen, außerdem Stiche und von der Ladenbesitzerin, ihrer guten Freundin Julia Bullrich de Saint, eigenhändig angefertigte Blumenarrangements. Im Hinterzimmer, wo sie bei Tee und Gebäck zusammensitzen, kann man jedoch auch »gewagte« Darstellungen erwerben, am günstigsten sind die erotischen Zeichnungen von Lydis und Suzanne Ballivet, um einiges mehr hinlegen muss man dagegen für Shunga eines Utamaro oder eines Hokusai.

Los 25
Passantin, Ölgemälde, 1963
Mindestgebot: US$ 33.000

Mit siebzig fing Lydis an, sich zu beklagen wie Königin Isabella – das Alter hatte sie überrascht. In den Jahren davor hatte sie sich ihre eigene Schönheitengalerie geschaffen. Porträts von Frauen, die in einem gekünstelt-unnatürlichen Schimmer erstrahlen, Variationen über das Thema der leuchtenden Nymphe. Dieses Licht ist jedoch weder Zeichen der Weihe noch der Verdammnis, es handelt sich vielmehr um ein esoterisches Licht, das sagenumwobene Astrallicht, das von Helena Blavatsky bis Rudolf Steiner die theosophischen Schriften durchzieht.

Los 26
Porträt einer Unbekannten, Ölgemälde, um 1960
Mindestgebot: US$ 50.000

Ihre letzte, dreißig Jahre jüngere Geliebte teilte ihr mit, dass sie verreisen werde. Lydis malte sie umgeben von Schnecken. Es war nicht eins ihrer letzten Bilder, sondern ihr letztes Bild überhaupt. »Bei deiner Rückkehr wird der Spiegel mir sagen, ob ich dir gegenübertreten kann«, schrieb sie ihr. »Aber wirst du dann noch jung genug sein?«

Lydis starb am 26. April 1970. Der Plan des Friedhofs Recoleta weist ihr die Grabnische 212 zu. Aber diese Information ist veraltet. Die Grabnische 212 wurde schon vor Jahren verkauft. Lydis existiert nur noch in ihren Zeichnungen und Gemälden.

Mein kritisches Leben

So vieles kann schiefgehen, da ist es fast ein Wunder, wenn doch einmal etwas gutgeht. Die »Operation Lydis« war ein Erfolg, sämtliche Lose wurden an ein und dieselbe Person verkauft, was ein weiteres Mal bestätigt, dass Kunst und Geld zwei kulturelle Fiktionen sind, die dem schlichten Glaubensakt sehr nahekommen. Ein Sammler kauft keine Kunst, er kauft die gesellschaftliche Bestätigung seiner Investition. Er bezahlt, um sicherzugehen, und sichergehen ist teuer. Aber ich habe keinen Anlass, hier große Reden zu schwingen. Was ich eigentlich sagen wollte, ist, dass Lozinski nach der Auktion nach Ibiza flog. Unter seiner grünen Militärjacke trug er eine Gürteltasche mit dem Geld für die greise Übersetzerin, seine alte Freundin aus dem Hotel Melancólico.

Damit war die »Operation Lydis« abgeschlossen, ein Objekt jedoch hatte es erst gar nicht in den Katalog geschafft. Ein Buch mit einem blassgoldenen stockfleckigen Leineneinband, auf dem in an chinesische Schriftzeichen erinnernden Lettern von oben nach unten zu lesen ist: DER MANTEL DER TRÄUME.

Dieses Buch ist bei Weitem mein liebstes Werk von Mariette Lydis. Es verdankt sich der unerwarteten Begegnung zweier Planeten: Im Herbst 1922 wandte sich die österreichische Sozialreformerin Eugenie Schwarzwald mit einem Vorschlag an den ungarischen Emigranten Béla Bálazs.

Eine von ihr protegierte junge Frau habe gerade eine Reihe von Aquarellen fertiggestellt und suche nun nach jemandem, der sich davon zu Erzählungen inspirieren lassen wolle. Der junge Balázs lebte in Wien im Exil und war eine literarische Hoffnung, im Kaffeehaus setzten sich Bela Lugosi, Robert Musil und Arthur Schnitzler gerne auf ein Tässchen an seinen Tisch, er schrieb Romane, Gedichte, Theaterstücke, Opernlibretti und Drehbücher sowie Filmkritiken und Artikel über Politik, hatte für Pabst und Eisenstein wie auch für Leni Riefenstahl gearbeitet, bis Letztere nach der Lektüre von *Mein Kampf* seinen Namen aus dem Nachspann ihres Films strich, weil Balázs Jude war. Balázs war sprunghaft und vielseitig begabt, das paradigmatische Beispiel eines modernen Menschen, der alle kannte und alles konnte. Innerhalb von nur drei Wochen – der Verlag D. R. Bischoff wollte das Buch unbedingt noch vor Weihnachten herausbringen, um wenigstens auf ein paar Verkäufe zählen zu können – schrieb Balázs den durch Mariette Lydis' Aquarelle angeregten Erzählband *Der Mantel der Träume*. Noch unheimlicher und aufwühlender als seine Geschichten sind jedoch die Illustrationen, die mit der Zielgenauigkeit einer Akupunkturnadel einen neuralgischen Punkt in mir berühren. Mit den kitschigen Porträts, für die Lydis später bekannt werden sollte, haben sie nichts zu tun, obwohl die geringe Weltverankerung, die sie ihr Leben lang begleiten sollte, hier bereits deutlich wahrzunehmen ist. Schmerbäuchige Kerle in einem Badehaus, ein abgehärmter Kaiser mit zwei Köpfen, ein hinfälliger Greis, umgeben von den Totenschädeln seiner Vorfahren. Es sind Träume, die zwischen den modernistischen Verformungen eines Aubrey Beardsley, dem Expressionismus eines Chaim Soutine und der deutschen Spielart der Chinoiserie schwanken. Die Aquarelle haben etwas Karikaturistisches, allerdings handelt es sich um eine sehr ernste und zugleich fast blasphemische Art von Karikatur. Ich kann wochenlang über diese Darstellungen phantasieren und spekulieren. Wie ist die junge Mariette nur darauf gekommen?

Ich habe lange darüber nachgedacht. Ich steckte das Buch damals ein, aber obwohl ich es eigentlich nur ausleihen wollte, trage ich es seitdem immer bei mir, jetzt ist es sogar hier im Hotel, wo ich es in dem Safe im Kleiderschrank eingeschlossen habe. Beim Gedanken daran spüre ich unwillkürlich ein Zucken um die Mundwinkel, wie ein Tiger in Erwartung eines köstlichen Nachtmahls.

Aber selbst fünfjährige Kinder wissen, dass jeder Freude unweigerlich ein Schatten folgt. Mir ist das schon so oft passiert, dass ich kein Geschenk der Götter mehr annehmen kann, ohne sogleich an die lange Kette bevorstehender Unglücksfälle zu denken, mit denen ich das bisschen Glückssträhne werde bezahlen müssen. Und so wie nichts in meiner Welt jemals dauerhaft zur Ruhe kommt, wurde mein Gemüt nach dem Kick durch die Auktion schon bald von einer Pendelbewegung erfasst. Ich spürte, dass etwas aus dem Ruder lief, mein innerer Dimmer setzte aus, beziehungsweise – um es mit einem weiteren Vergleich zu versuchen, irgendwann wird der wirklich treffende schon dabei sein – es war, als läge ich in einer Hängematte, die unaufhörlich vor- und zurückschwang, ohne dass ich jemals die Möglichkeit fand, wieder festen Boden unter die Füße zu bekommen. Nie habe ich mir eine solche Schludrigkeit bei der Zeichensetzung geleistet wie bei den Artikeln, die ich an diesen Tagen übermäßiger Angst verfasste.

Zunächst fiel ich in einen komatösen Zustand. Nichts zu machen. Oder besser, ich machte das Gleiche wie immer, ging also zu Ausstellungen von zweifelhafter Qualität, trank schlechten Wein bei den Eröffnungen, tat, als wäre ich begeistert, versprach Atelierbesuche, zu denen es nie kommen würde, rief ein ums andere Mal »Genial!«, »Großartig!«, »Toll!« und was sonst noch zum Floskelrepertoire des Kunstgeplauders gehört, ging dann wieder nach Hause, trank ein Glas Wasser, um nüchtern zu werden, setzte mich an den Computer und schrieb – mit fingiertem Interesse – eine Besprechung: eine Abfolge abgegriffener Formeln à la »Das Werk tritt in einen Dialog mit seiner Umgebung«, »Die Installation setzt die Gesetze von Raum und Zeit außer Kraft«, »Das Video stellt unsere Wahrnehmungsgewohnheiten radikal infrage«, nichts als Zeilenschinderei, dann noch ein paar hochtrabende Schlusssätze, und ab damit, bevor ich vergaß, was ich gerade erst gesehen hatte. Manchmal gab es gleich zwei oder drei solcher Vernissagen pro Woche, es war aber nicht nötig, überall persönlich zu erscheinen. Meist genügte ein Blick auf die Fotos in der Ankündigung, um ein ziemlich abschließendes Bild davon zu haben, worum es ging.

Von der völligen Willenlosigkeit ging ich über zu manischem Aufbrausen. Ich gewöhnte mir an – wenn man das so sagen kann –, bei den Eröffnungen Enriqueta im Publikum zu entdecken. Ich hatte keine Visionen wie Franziskus auf dem Monte Verna, und ich war auch nicht imstande, Tote zu sehen – was ich sah, war Enriquetas Doppelgängerin. Und da eine Doppelgängerin etwas Reales ist, war es umso erschreckender. Beim ersten Mal, bei einer Ausstellung in der Calle Arroyo, hielt ich eine alte Frau für Enriqueta. Von hinten war sie ihr genaues Ebenbild, auch durch die Art, ganz nah an die Bilder heranzutreten, als wollte sie sich an den Terpentinausdünstungen berauschen. Ich sackte zusammen. Einen Augenblick lang war ich blind und gelähmt, konnte allerdings die Schreie der anderen hören, ihre näherkommenden Schritte, und auch, dass jemand sagte: »Ich fand sie schon immer ein bisschen seltsam.« Da stand ich würdevoll auf und bat um ein Glas Wasser.

Beim zweiten Mal begegnete mir Enriquetas Doppelgängerin in einer von jungen Leuten betriebenen modernen Galerie in Villa Crespo, ganz in der Nähe des Stadions von Atlanta. Auch wenn sie mit ihrer Dose Quilmes-Bier in der Hand einen auf Fußballfan machte, fiel die alte Frau unter all den bärtigen Männern in engen T-Shirts auf. Ich weiß nicht, ob es dieselbe Alte war wie beim ersten Mal. Sie sah jedenfalls haargenau so aus! Ich regte mich derart auf, dass ich in der Notaufnahme landete. Das EKG war in Ordnung. »Leichte Sinus-Tachykardie«, sagte die Ärztin. »Aber eigentlich haben Sie ein gutes Herz.« Ich, ein gutes Herz? Ich war zu schwach, um zu widersprechen.

Daraufhin nahm ich mir ein paar Tage frei. Seltsamerweise schien in der Redaktion niemand etwas dagegen zu haben. Ich lebte damals allein und gewöhnte mich immer mehr daran. Über Wochen hinweg verließ ich kaum die Wohnung, und obwohl menschliche Gesellschaft mir schon vorher nicht allzu viel bedeutet hatte, führte ich nun das reinste Klosterleben. Ich las Zeitschriften über okkulte Wissenschaften, sah stundenlang fern, vor allem Schwester Wendys Kunstsendungen, und ging nur nachts raus, vom Hunger getrieben. Allzu leicht besänftigte – oder betrog – ich meinen Magen am nächstgelegenen Imbiss mit einem Hot Dog, dessen seit Ewigkeiten vor sich hinbrühendes Würstchen wie eine wulstige Narbe aussah. Anschließend ging ich der Verdauung zuliebe einmal um den Block und kehrte dann rasch wieder in meine Wohnung zurück, wo ich mir zum Nachtisch mit meinem alten Schweizer Messer eine Orange schälte. Falls das Glück an meine Tür klopfen sollte, wollte ich unbedingt zu Hause sein. In dieser Zeit legte sich meine Verwirrung, und ich konnte in Ruhe über die Begegnungen mit Enriquetas Doppelgängerin nachdenken. Proust hat gesagt, in ästhetischer Hinsicht sei die Anzahl an Variationen des Menschlichen so begrenzt, dass wir, egal wo wir uns befinden, stets das Vergnügen haben werden, jemanden zu treffen, den wir zu kennen glauben. Jeder Mensch kann auf sieben genaue Kopien seiner selbst zählen. Mit dieser Erklärung gab ich mich zufrieden, und entschieden schloss ich diese Tür, durch die ein Luftzug strömte, der mich fortzureißen drohte.

Nach und nach lernte ich, meinen Herzschlag zu kontrollieren wie ein indischer Fakir. Zugleich füllte sich mein Arzneischrank mit Tropfen, die mir meine Nachbarin, eine Homöopathin, besorgte. Ohne mein Golden Yarrow, meinen Star of Bethlehem, mein Borage oder mein Angelsword ging ich nicht mal mehr in die Küche. Außerdem gewöhnte ich mir seltsamerweise an, kitschige Liebeslieder zu hören. Sie übten eine wundersam wohltuende Wirkung auf mich aus, ich wurde schlagartig glücklich, manchmal geradezu besorgniserregend glücklich. Sie sorgten aber nicht nur dafür, dass ich mich glücklich fühlte, sondern auch gut, in einem für mich neuartigen, fast religiösen Sinn. *God's help is nearer than the door*, heißt es in einem irischen Sprichwort. Wie auch immer, ich half mir also selbst.

Nachdem ich mich einen Monat lang fast ununterbrochen in meinem Zimmer aufgehalten und mich dort der genau richtigen Kombination aus Yogaübungen, Blüten und Musik ausgesetzt hatte, fühlte ich mich wie neu und kehrte in die Redaktion zurück, entschlossen, die Arbeit wiederaufzunehmen. Auf einen weiteren Schlag war ich nicht im Geringsten gefasst, aber mit seiner eisernen Faust verpasste mir das Leben gleich noch mal einen. Wie die Großmutter einer Freundin immer sagte: »Nur weil dir schon mal was Schlimmes passiert ist, heißt das nicht, dass dir danach nichts Schlimmes mehr passieren kann.« Der Pförtner am Eingang des Zeitungsgebäudes, der seine Aufgabe normalerweise erledigte, als hätte er eine Dosis Stechapfelpulver zu sich genommen und daraufhin jedes Interesse an seiner Umgebung verloren, ließ mich nicht durch. Als ich nach dem Grund fragte, entnahm er der Schublade seines Schreibtischs ein mit schönen gotischen Lettern bedrucktes Blatt Papier und las feierlich vor: »Am vergangenen Dienstag um 15 Uhr musste die Geschäftsleitung in aller Eile jemand anderen einstellen, um die Berichterstattung von der Biennale in São Paulo zu gewährleisten.« Damit war alles gesagt. Ich bat ihn, wenigstens die Bücher aus meinem Büro holen zu dürfen. In Wirklichkeit wollte ich vor allem ein bisschen herumschnüffeln und sehen, was los war. Nach langem Drängen wurde mir mein Wunsch gewährt. Es wäre besser gewesen, ich hätte an Enriquetas Rat gedacht: »Tritt am Ende einer Reise niemals einem Feind gegenüber, es sei denn, *er* ist derjenige, der unterwegs war.« An meinem Schreibtisch saß ein bleicher junger Mann mit leichenhaftem Gesicht und ehrgeizigem Blick. Mir war sofort klar, dass er ein besseres Exemplar der Kritikerspezies war, als ich jemals sein würde. Ich beglückwünschte ihn mit ironischer Unterwürfigkeit. Er hielt mir zur Begrüßung die Hand hin, und als ich sie ergriff, fühlten seine Finger sich so hart an wie Spinnradspeichen. Mein Blutdruck sank schlagartig, aber ich hielt stand. Sei tapfer, sagte ich zu mir selbst, und lass dir bloß nichts anmerken. Meine Bücher standen bereits in ordentlich aufeinandergestapelten Kisten neben der Toilettentür. Der junge Mann bot an, mir beim Raustragen zu helfen, offensichtlich wollte er mich so schnell wie möglich loswerden. Meine nun also Ex-Kollegen verfolgten meinen Abgang mit strahlenden Gesichtern, ein großes Verstellungstheater, doch ich war alt genug, um zu wissen, dass die Wahrheit für Förmlichkeiten nicht viel übrig hat. Erhobenen Hauptes ließ ich die finstere Höhle hinter mir.

An der Ecke hielt ich ein Taxi mit getönten Scheiben an, die ihm eine geheimnisvolle und interessante Ausstrahlung verliehen. Als ich gerade dabei war, mich samt meinen Habseligkeiten im Fond des Wagens niederzulassen, schlug der junge Kritiker unversehens die Tür zu. Diese drängende Eile gefiel mir gar nicht, es wäre an mir gewesen, beim Ablauf dieser dramatischen Szene Regie zu führen, schließlich war es mein Abschied. Da spürte ich plötzlich etwas – sagen wir es mal so – Organisches. Werde ich jetzt etwa schon wieder ohnmächtig?, fragte ich mich und blickte nach einer Erklärung suchend durchs Fenster. Da sah ich sie. Es war meine Hand, die rechte, eingeklemmt. Meine Finger wurden vom oberen Rand der Taxitür gnadenlos in die Mangel genommen.

Aber das mittelalterliche Rad der Fortuna setzte sich erneut in Bewegung. Wie oft hatte es sich im vergangenen Monat schon um die eigene Achse gedreht? Wie oft würde es das an diesem Tag noch tun? Beim Römer Boethius heißt es: »Willst du es wagen, das rollende Rad im Lauf aufzuhalten? Wahrlich, du törichtster aller Sterblichen: Wenn das Glück beständig wird, so hört es auf, Glück zu sein!« Wie dem auch sei – als er mich schreien hörte, flog mir der Fahrer, ein junger Mann, dem das goldene Haar bis auf die Schultern herabhing, wie ein Engel Giottos entgegen, entriegelte die Guillotinentür und überreichte mir nur eine Sekunde später ein Säckchen mit Eiswürfeln, in das ich meine zerquetschte Hand stecken sollte. Dann kehrte er zu seinem Platz am Lenkrad zurück, legte den ersten Gang ein und raste mit quietschenden Reifen über den Asphalt wie bei einer Verfolgungsjagd. Ich nannte ihm meine Adresse, aber statt den direkten Weg zu nehmen, fuhr er durch alle möglichen Seitenstraßen. Anscheinend kannte er eine Abkürzung. Mir verschwamm die Sicht, während die Stadt am Fenster vorbeiflog, aber ich war ganz ruhig, zum ersten Mal seit Langem fühlte ich mich sicher und geborgen.

Während der Fahrer geschickt die anderen Autos umkurvte, führte er mich in die Geheimnisse seiner Kunst ein. Vielleicht wollte er mich bloß von meinem Schmerz ablenken, vielleicht aber auch zu seinem Glauben bekehren, ich habe miterlebt, wie brasilianische evangelikale Prediger in Krankenhäusern auf Seelenfang gingen: Die Kranken und ins Unglück Gestürzten sind leichte Beute. Ich sage das, weil der junge Mann trotz seines engelhaften Aussehens ein Ninjutsu-Experte und das Auto mit den getönten Scheiben eine gut getarnte Waffenkammer war: Auf der Ablage unter der Windschutzscheibe lag ein in schwarzen Samt gewickeltes Katana bereit, unter dem Beifahrersitz ein Nunchaku, und am Rückspiegel hingen wie Weihnachtsdeko mehrere glänzende Ninjasterne aus Stahl. Ich hatte keine Ahnung von dem Thema, aber die ersten japanischen Ninja-Kämpfer tauchten offenbar während der Feudalzeit auf, als die Bauern sich gegen die Unterdrückung durch den Kaiser erhoben. Zunächst setzten sie Hacken, Knüppel und Sensen als Waffen ein, doch da dies offenkundig nicht reichte, erweiterten sie ihre Kampftechniken und wurden zu wahren Meistern in der Kunst der Spionage, Tarnung und Fälschung. Bei den anschließenden historischen Ausführungen konnte ich nicht mehr recht folgen.

»Hier haben Sie meine Karte«, sagte der Ninja-Taxifahrer, als wir vor meinem Haus ankamen. »Wie ich sehe, haben Sie Feinde. Davor ist niemand gefeit.«

Als ich später, moralisch und körperlich wie paralysiert, auf dem Balkon stand und die Tauben mit Krümeln des Hotdog-Brötchens fütterte, dachte ich, dass der junge Kritiker jetzt wohl schon im Flugzeug zur Biennale von São Paulo säße. In all den Jahren bei der Zeitung hatte man mir nicht mal eine Reise in die Provinz Buenos Aires zugestanden, was aber wohl vor allem an mir selbst gelegen hatte, und während mir ein paar Tränen über die Wangen rollten, fragte ich mich, ob das nicht in Wirklichkeit Krokodilstränen waren. Manchmal versetzt man sich so sehr in eine Rolle, dass man kaum wieder hinausfindet. So jedenfalls verlor ich meine Arbeit. Meine Tage als Kunstkritikerin waren vorbei. War es Glück? War es Unglück? Wer weiß?, wie eine chinesische Redensweise lautet.

Mein Hotelzimmer hat einen Spiegel mit Facettenschliff, und an der Wand hängen Stiche, darauf sind Gauchos zu sehen, die mit Bolas Jagd auf Strauße machen, die wiederum aufgeregt mit den Flügeln schlagend davonrennen – eine typische Pampa-Grenzland-Szene. Dann sind da noch der Louis-Seize-Schreibtisch, an den ich mich nie setze, und die Verdunkelungsgardine, die ich stets zugezogen lasse. Neulich ließ der Concièrge mich wissen, dass am Abend eine Band im Hotel auftreten werde. »Na sowas, eine Band, vielleicht komme ich runter und höre sie mir an«, versprach ich mit kindlicher Stimme, fast als probierte ich gerade eine andere Persönlichkeit aus.

Ein paar Stunden später zog ich den Pelzmantel an, nahm meinen ganzen Mut zusammen und verließ das Zimmer. Der Konzertsaal erwies sich als kalter, schlecht beleuchteter Raum mit Linoleumboden, mehreren einsam herumstehenden Tischchen und fünf oder sechs Herren, die sich um ihre schwärzlichen Getränke herumgesetzt hatten. Die Kellnerin, die mir meine Bloody Mary brachte, stimmte mir zu: Für diese Jahreszeit war es wirklich eine fürchterliche Nacht. Wie sich herausstellte, bestand die Band aus lauter Frauen. Fast alle trugen Rouge auf ihren mehr oder weniger welken Wangen und spulten ihr musikalisches Programm ein wenig leidenschaftslos ab. Bei der Rückkehr ins Zimmer vibrierte mein Hirn noch immer von den verstörenden Rhythmen einer offenbar ungarischen Ballade.

Da stand ich nun. Es war Nacht, ich konnte nicht schlafen – was hätte ich nicht alles tun können? Keinerlei Bosheit ist mir fremd, obwohl – warum nicht? –, eigentlich konnte ich ja auch die Nachttischschublade öffnen, die Bibel herausholen und eins der Evangelien lesen. Manchmal denke ich, dass dieses Hotel eine Art schützendes Unterholz für Larven wie mich ist. Nur selten kommt jemand herein, um sauberzumachen, und auf den Fluren habe ich schon mehrfach Frauen mit Babys auf dem Arm gesehen, aber ich habe noch nie eines weinen gehört.

Manchmal betrachte ich in schlaflosen Nächten mein schiefes Lächeln im Spiegel. Ich versuche, beide Mundwinkel gleichzeitig hochzuziehen, damit es symmetrisch, ja, harmonisch wird. So oder so ist das Lächeln eine Maske. Inzwischen weiß ich, dass die Augen der ehrlichste Teil unseres Gesichts sind. Joe Navarro, der Barmann in der Hotellounge, hat es so formuliert: »Die Augen funktionieren wie ein Barometer, an nichts anderem kann man unsere Gefühle so genau ablesen.« Wenn wir etwas sehen, das uns gefällt, weiten sich die Pupillen, und wenn uns etwas nicht gefällt, ziehen sie sich zusammen. Dagegen sind wir wehrlos. Ich nehme an, dass die französischen Seminaristen des 19. Jahrhunderts, die nichts mehr liebten als heilige Verschwörungen, eben deshalb stets mit gesenktem Kopf umherliefen.

Damit hier kein falscher Eindruck entsteht: Derartige Unterhaltungen mit dem Hotelpersonal sind die Ausnahme. Seit ich hier bin, gehe ich Gesprächen mit anderen Menschen möglichst aus dem Weg. Die meiste Zeit verbringe ich im Bett, auf meinem rettenden Floß. Auf meinen Papieren liegend lasse ich mich viele Kilometer vom Ufer entfernt dahintreiben.

Nach der Entlassung bei der Zeitung war ich eine Weile arbeitslos. Das war keine gute Zeit. Irgendwann war ich kaum mehr als eine Leiche im Straßengraben. Ich hatte keine Lust zu gar nichts und fühlte mich vollkommen überflüssig. Damals merkte ich, über welche Macht der Geist verfügt, wie er einen, vorausgesetzt, man gesteht es ihm zu, nach seiner Pfeife tanzen lassen kann – ich weiß nicht, wie ich es subtiler ausdrücken soll. Als ich versuchte, den Stier bei den Hörnern zu packen, entsann ich mich eines Tricks, den Enriqueta anwandte, um sich zu konzentrieren. Der Trick bestand darin, über die gesamte Wohnung verteilt, fünfzig Reiskörner zu verstecken, wo auch immer, im Eisfach, hinter einem Blumentopf, im Badezimmerschrank, unterm Kopfkissen, in einem Schuh – die Möglichkeiten waren unbegrenzt. Das tat sie, wenn es ihr gutging, und vergaß die Sache anschließend vollständig, um sich, falls irgendwann wieder ein seltsamer, schlecht austarierter Tag käme, ihres Hausmittels zu erinnern. Das Rezept war einfach: Sie musste nun den Reis Korn für Korn wieder einsammeln, und zwar solange, bis alle fünfzig Stück gefunden waren. »Suchen ordnet dein Inneres«, erklärte sie, »es hält alles Übrige auf Abstand.«

Vielleicht war die Erinnerung an diesen Trick der Auslöser all dessen, was nun folgte, vielleicht war es aber auch etwas anderes, das sich in einer abgelegenen Hirnfalte verbarg. Jedenfalls hatte ich eines Tages das deutliche Gefühl, dass ich dringend etwas unternehmen müsse, bevor es endgültig zu spät war, woraufhin mir nicht allzu überraschenderweise das alte Rolodex oben im Kleiderschrank wieder einfiel. Nach Enriquetas Tod hatte ich es aus dem Büro mit nach Hause genommen, allerdings nie wieder benutzt. Ich stieg auf einen Stuhl und versuchte, auf den Zehenspitzen stehend, es aus seinem Fach zu holen. Fast wäre ich aus dem Gleichgewicht geraten und zu Boden gestürzt. Das Rolodex war schwerer, als ich in Erinnerung hatte, und, hart und zugleich beweglich, schlecht zu halten. Schließlich stellte ich das Gerät auf mein Bett und betrachtete es hingebungsvoll. Nach einer Weile streckte ich mich neben meinem goldenen Kalb aus, drehte nachlässig daran und ließ die darin begrabenen Namen vor meinen Augen Revue passieren. Irgendwann hielt ich das Rolodex an, es öffnete sich wie Pac-Mans Maul und präsentierte eine gelbliche Karte.

Ich musste auf diese Weise noch eine Menge anderer Karten durchprobieren. Bei vielen der Nummern meldete sich niemand, bei anderen hieß es: »Tut mir leid, nie gehört«, wenn ich den Namen sagte, wieder andere legten auf, bevor ich eine Erklärung abgeben konnte. Manchmal jedoch sagte jemand: »Ach die, na klar …«

Die Wolke des Nichtwissens

Der Vorteil dabei, ältere Leute zu interviewen, ist, dass man mehr über sie weiß als sie über einen selbst. So kann man sich aus dem Augenblick heraus fast ein ganzes Leben erfinden, es mit einer so wunderschönen wie extravaganten Vergangenheit ausstatten. Als ich die Bar betrat, deutete die Kellnerin auf einen Tisch am Fenster, an dem sich ein kräftiger Mann unbestimmten Alters über ein Buch beugte. Germán trug ein weißes Sakko und schien einer Erzählung von Somerset Maugham entsprungen, die irgendwo in Malaysia spielte, er hätte in diesem Aufzug genauso gut auf der Terrasse vor einem Bungalow sitzen und an einem Singapore Sling nippen können. Er war ein Freund ihres Liebhabers gewesen. Die Freunde des Liebhabers einer Frau haben immer etwas über diese Frau zu erzählen. Ich erklärte, worüber ich mit ihm sprechen wollte. Von dem Namen war er überrascht, obwohl ich ihn bereits am Vorabend am Telefon erwähnt hatte. Er wiederholte ihn für sich selbst, und als die Kellnerin kam, sagte er den Namen auch noch einmal zu ihr, als sei es ein geheimes Codewort. Sie lächelte. Da war mir klar, dass es zwei gegen eine hieß. Irgendwie musste ich die Entente aufbrechen.

»Wie war sie? So schön, wie alle sagen?«

»Sie war strahlend schön, düster, seltsam.«

»Sie war die Freundin Ihres Freundes.«

»Als ich sie kennenlernte, war sie nicht mehr mit ihm zusammen. Als seine Muse war sie aber weiterhin sehr präsent.«

»Inwiefern?«

»Sie hatte etwas von Lilith, deren Feuer erleuchtet, aber auch verbrennt. Natürlich, sie hatte auch ihre Talente, aber es gibt Frauen, die zu nichts anderem berufen sind, als dass man sich an sie erinnert, weil sie mit diesem oder jenem berühmten Mann zusammen waren ...«

»Mich interessieren ihre Werke.«

»Sie selbst nicht.«

»Wirklich?«

»Ich würde wagen, das zu behaupten, ja.«

»Wo kam sie her?«

»Ich weiß es nicht, sie war eine umherirrende Seele. Damals hat sich niemand solche Fragen gestellt.«

»Was machte sie so besonders?«

»Anfangs waren es Kleinigkeiten – sie rauchte Havannazigarren, trug Miniröcke. Heute ist es völlig normal, entspannt bei einem Schälchen Erdnüsse zusammenzusitzen und sich über den Orgasmus zu unterhalten. Welche Macht Tabus früher hatten, kann sich heute keiner mehr vorstellen! Angeblich war sie auch die Erste hier, die sich Marihuana schicken ließ. Marihuana und Kondome. Die verkaufte sie mit einer Freundin in einer schicken Boutique in der Calle Montevideo. Später erzählte man sich noch verrücktere Geschichten über sie, dass sie in durchzechten Nächten Russisch Roulette spiele, sich mit schwarzer Magie beschäftige, solche Sachen.«

»Mit wem war sie denn unterwegs?«

»Mit allen möglichen Leuten, irgendeiner festen Gruppe war sie nicht zuzuordnen. Sie bewegte sich mühelos zwischen irgendwelchen Intellektuellen im Moderno und Musikern aus La Perla, für sie machte das kaum einen Unterschied. Ende der sechziger Jahre kam dann Heroin dazu, sie experimentierte auch damit herum. Manche bezahlten einen ziemlich hohen Preis dafür.«

»Und wie lief das bei ihr?«

»Keine Ahnung, damals begegneten wir ihr nicht mehr. Aber etwas sagt mir, dass sie da irgendwie rausgekommen sein muss. Sie war ein ziemlicher Kopfmensch, ihren Leidenschaften hat sie sich immer nur für eine bestimmte Zeit hingegeben. Verstehen Sie? Sie hatte einen ausgeprägten Selbsterhaltungstrieb, ihre Zerstörungslust ging nie über einen gewissen Punkt hinaus. Ich glaube, sie hat goldene und eher düstere Zeiten erlebt, sich aber immer eher in den Zwischenräumen bewegt. Haben Sie das Buch von Correa gelesen? Er spricht auch von ihr.«

»Ja, ich hab's sogar dabei. Hier zum Beispiel schreibt er: ›Das Paar stopfte das Zimmer voll mit lauter mehr oder weniger eleganten angeblich japanischen Möbeln. Dazu hielten sie sich ein echtes kleines Krokodil. Normalerweise verkroch es sich unter das Liebesnest der beiden, wenn Gäste kamen, erschreckte es die Besucher jedoch regelmäßig, indem es plötzlich unter dem Bett hervorkrabbelte. Heute würde ich sagen, dass vor allem die Negra sich mit dem Krokodil einen Wunsch erfüllte, Oscar längst nicht so sehr. Er liebte sie sehr. Wir alle liebten sie. Sie wiederum lebte zwar mit Oscar zusammen, aber wenn sie jemanden verwöhnte, dann das Krokodil, da kannte sie nichts.‹«

»Sehen Sie, Correa hat sie besser gekannt als ich, ich war ja auch jünger.«

»Aber Correa ist nicht mehr da ... Stimmt das mit dem Krokodil?«

»Angeblich hieß es Abdul, gesehen habe ich es allerdings nie. Und angeblich konnte man es auch streicheln, die Negra hatte aber immer eine geladene Pistole auf dem Tisch liegen.«

Er verstummte, und ich, unvernünftig wie ich war, fragte:

»Haben Sie von der Sache mit den Fälschungen gehört?«

»Natürlich.«

»Und haben Sie mal welche zu sehen bekommen?«

»Nein, nie.«

»Aber das war bekannt, oder?«

»Ja, alle wussten Bescheid. Damals wäre niemand auf die Idee gekommen, ihr deswegen Vorwürfe zu machen, alles, was mit der Polizei zu tun hatte, war äußerst schlecht angesehen. Dass sie eine Fälscherin war, wurde ihr als Tugend ausgelegt. Wissen Sie was? Ich weiß nicht, ob sie das damals auch so gesehen hat oder ob ich mir das vielleicht erst heute denke. Jedenfalls frage ich mich manchmal, ob das Fälschen nicht das einzige wirklich große Kunstwerk des 20. Jahrhunderts darstellt.«

Wieder verfiel er in Schweigen, und ich überlegte, ob er mich mit diesem alten Trick womöglich bloß selbst zum Reden bringen wollte. Eine Zeitlang schwieg ich ebenfalls, irgendwann hielt ich es aber nicht mehr aus und fragte:

»Ob sie wohl noch am Leben ist?«

»Keine Ahnung. Ich mochte sie wirklich gern, aber ich kann nicht behaupten, dass ich sie gekannt hätte.«

Erneutes Schweigen. Inzwischen war mir klar, dass er mit seinem Verstummen keine geheime Absicht verfolgte, es geschah spontan, ohne Hintergedanken.

»Schauen Sie, es tut mir leid, ich dachte, ich hätte mehr zu erzählen, aber ich merke, dass das nicht stimmt. Ich war ja ein bisschen jünger, für mich hatte alles an ihr die Aura einer Legende. Einer Legende allerdings, die erst fünf Minuten alt war, verstehen Sie? Das war das Besondere an der Negra.«

Da war sie wieder, diese unauflösliche Mischung von Dichtung und Wahrheit, aus der jede Legende gestrickt ist. Aus so einer Geschichte ließ sich etwas machen, sagte ich mir, als ich aufstand, und im Lauf der nächsten Tage wuchs meine Überzeugung. Ich würde mich also auf die Suche nach der Negra machen und dafür, falls nötig, die Welt auf den Kopf stellen. Ich würde noch den hintersten Winkel durchwühlen, und falls sie lebte, würde ich sie irgendwann auch finden und ihr sämtliche Geheimnisse entlocken und ein Buch daraus machen. Bei allem, was mit dem Wesen des Genies zu tun hat, war meine Neugier schon immer unerschöpflich.

Diesmal war der Treffpunkt eine Bar in der Calle Arenales. Als ich eintrat, fand ich gleich mehrere Frauen vor, die jeweils allein an Tischen in der Nähe des Fensters saßen. Ich überließ mich meinem Gefühl und entschied mich für eine von ihnen. Eine gute Entscheidung – Silvia war groß und dürr, hatte eine Adlernase und üppiges dunkles Haar. Sie war schwarz gekleidet und trug eine Sonnenbrille. Der Kellner brachte zwei Tassen Kaffee, die sie schon vor meiner Ankunft für uns bestellt hatte.

Sie erzählte:

»Sie war kompromisslos avantgardistisch. Mich kriegt ihr nicht, schien sie zu sagen. Sie hatte etwas gegen Gemeinplätze, mit dem Offensichtlichen hatte sie nichts am Hut, in der Hinsicht war sie äußerst konsequent.« Sie warf einen Blick durchs Fenster und fuhr fort: »Ich weiß noch, wie wir einmal alle auf einer Party waren. Oscar war mit einem anderen Mädchen da. Plötzlich schwappte es wie eine Welle durch den Raum. ›Die Negra kommt, die Negra kommt‹, sagten die anderen, und im selben Augenblick war sie auch schon da, in all ihrer düsteren Schönheit. Sie ging einfach zwischen den Tanzenden hindurch zu Oscar, nahm ihn an der Hand und zog ihn fort. Was weiß ich ... Es gibt Leidenschaften, da haben die Menschen nichts mitzureden, sie kommen gleichzeitig mit ihnen in die Welt, ein höherer Wille steuert sie.«

Ich merkte mir die Anekdote, oft bleibt von einem Menschen nicht mehr übrig als das.

Silvia fuhr fort:

»Ein Royal Flush war ihre Liebesgeschichte nie. Die Negra konnte unglaublich grob sein. Einmal sagte sie zu mir: ›Ich weiß selbst nicht, wo ich so viel Bosheit hernehme.‹ Als hätte sie etwas unglaublich Hartes in sich gehabt, einen Stein ... ach, keine Ahnung.«

»Hat sie Ihnen ihre eigenen Bilder gezeigt?«

»Als ich sie kennengelernt habe, arbeitete sie gerade an einer Reihe von Bleistiftzeichnungen, die waren mehr oder weniger surrealistisch, verkaufen wollte sie die aber nicht.«

»Wollte sie sie nicht ausstellen oder nicht verkaufen?«

»Schwer zu sagen. Warum jemand etwas macht oder auch nicht, ist von außen nie eindeutig zu erkennen. Mir hat sie jedenfalls bloß wenige Sachen gezeigt.«

»Und ihre Fälschungen?«

»Ach so, das war später, Ende der Sechziger. Damit hat sie versucht, zu überleben ... Gómez Cornet, Gambartes, Spilimbergo. Sie hatte bloß einen moralischen Grundsatz im Leben: Steh auf und nimm, was dir zusteht. Als Fälscherin hatte sie indes sehr wohl ihre Prinzipien, und auf die war sie stolz. Manchmal habe ich Bilder für sie zu einer Galerie gebracht.«

»Lebte sie also davon?«

»Teils, teils, nicht durchgängig. Die meiste Zeit hat sie von Luft und Liebe gelebt, wie man so sagt ... Auch wenn die, die von Luft und Liebe leben, in Wirklichkeit oft von der Luft und der Liebe ihrer Familie leben. Ich glaube, ihr Vater war Offizier, sie war jedenfalls bei einer Krankenversicherung für Militärangehörige. Als sie mich das letzte Mal anrief, ging es um eine ihrer Katzen, eine ihrer zahllosen Katzen hatte sie gebissen, ich hab zu ihr gesagt, sie solle sich lieber impfen lassen, aber sie wollte nicht, sie hatte panische Angst vor Ärzten.«

»Wann war das?«

»Vor vielleicht zehn Jahren ... Sie war gerade in die frühere Wohnung ihrer Mutter gezogen, in der Nähe vom Parque Chas. Ich weiß noch, dass sie mich gleich am ersten Abend anrief. Offenbar saß, als sie reinkam, ein Typ im Wohnzimmer und fauchte sie an: ›Sie haben hier nichts zu suchen, hauen Sie ab, Sie können unter der nächsten Brücke schlafen.‹«

»War sie verrückt? Sah sie Gespenster?«

»Ich glaube, wer Gespenster sieht, muss nicht unbedingt verrückt sein. Es kann ein gutes Zeichen sein, wenn man Erscheinungen hat, Visionäre, Propheten, Schamanen, Zauberinnen haben ja auch welche.«

»Könnte sie noch immer dort wohnen?«

»Das glaube ich nicht.«

»Haben Sie Fotos von ihr?«

Sie zuckte die Achseln.

»Nein, kein einziges.«

Sie sah mich schweigend an.

»Wissen Sie was? Selbst wenn ich wüsste, wo sie ist, würde ich wahrscheinlich trotzdem respektieren, dass sie offensichtlich nicht gefunden werden will. Und jetzt muss ich gehen, tut mir leid, ich habe zu tun.«

Durchs Fenster schaute ich zu, wie sie an der nächsten Ampel die Straße überquerte. Ein Auto kam angefahren, und die Ampel zeigte grün. Sie ging trotzdem los, siegesgewiss, während das Auto eine Vollbremsung hinlegte. Jung war sie nicht mehr, aber noch immer war an der Art, wie sie sich bewegte, die Straffreiheit der Schönen gut zu erkennen.

Mit funkelnden Augen beobachtete Nicolás die jungen Frauen, die die Bar betraten. Er war neunzig, und die wenigen Haare, die er noch besaß, hatten die Farbe von Fliegenflügeln. Wir befanden uns im Stadtteil Belgrano, nicht weit von dort, wo einst das Hotel Melancólico gestanden hatte.

»Oh ja ... Sie war schwarz, aber nicht ganz, hatte verführerische Lippen, grandiose Beine, erstaunlich, wie das Gedächtnis alles Nebensächliche streicht ... Und intelligent war sie auch, aber sie hatte nicht die Art von Intelligenz, an der man seine Ideen schön ordentlich aufhängen kann wie an einem Kleiderständer, nein, nein, ihre Intelligenz war schräger, verrückter. Zum ersten Mal bin ich ihr im Moderno begegnet. Sie stand an der Theke, die Hände in den Manteltaschen und im Mund eine Zigarette, die sich ständig auf und ab bewegte. Sie war sich ihrer Wirkung völlig bewusst, gleichzeitig schien sie das auch ein bisschen zu nerven, aber außer der Zigarette war da nichts, womit sie sich hätte verstecken können – und einen Laster kann man ja schlecht hinter einem Laternenpfahl verstecken, nicht wahr? Ich weiß noch, dass ich sie gefragt habe, was sie an dem Nachmittag vorhabe, und sie sagte, sie werde in die Kunsthochschule gehen. Das überraschte mich völlig, da passte sie überhaupt nicht hin, für jemanden wie sie war eine Schule ein viel zu förmlicher Ort. Als ich ihr das sagte, erwiderte sie: ›Da bringen sie einem Sachen bei, das gefällt mir.‹«

»War sie so schrecklich, wie alle behaupten?«

»Nein, von wegen. Schrecklich war sie nur zu ihrem Freund. Der war in ihren Augen ein Schwächling, sie machte sich darüber lustig, dass er es allen recht machen wollte, sie verachtete ihn geradezu dafür. Sie selbst hatte nicht das Bedürfnis, anderen zu gefallen, das war ihre Stärke.«

»Haben Sie mal Zeichnungen von ihr zu sehen bekommen? Ihre, wie soll man sagen, eigenen Sachen?«

»Nur ein paar. In ihrer Wohnung in der Calle Viamonte hatte sie ein wunderbar sanftes Gesicht an die Wand gezeichnet. Aber bei genauerem Hinsehen sah man dann, dass Blut aus dem Auge lief und von dort bis auf den Boden floss, ein Rinnsal durchs ganze Zimmer ... Daran habe ich schon seit Jahren nicht mehr gedacht.«

»War da noch mehr zu sehen, in der Wohnung?«

»Ich kann mich nicht erinnern. Erstaunlich, wie die Sachen nach und nach alle verschwinden! Aber warten Sie, dafür weiß ich noch, dass sie ständig in diesem Buch las, *Die Wolke des Nichtwissens*. Kennen Sie das? Eine der großen Schöpfungen der mystischen Literatur.«

»Ich habe keine Ahnung, wovon Sie reden.«

»Das ist kein Buch für Anfänger, aber die Negra war ja eine Eingeweihte.«

»Inwiefern?«

»Als ich sie kennenlernte, übte sie regelmäßig, alle ›Zerstreuungen‹ von sich fernzuhalten, sich also nicht mit irgendwelchen ›Mückenschwärmen‹ oder ›Schaumwolken‹ zu beschäftigen, wie die Leute sagen, die sich der Kontemplation verschrieben haben. Gemeint ist der ganze sinnlose Quatsch, dessen Sklave unser Bewusstsein normalerweise ist.«

»Tauchten diese mystischen Vorstellungen auch in ihren Zeichnungen auf?«

»Das kann ich nicht sagen, normalerweise hat sie mir ihre Sachen nicht gezeigt. Da war sie sehr scheu.«

»Warum?«

»Ich habe sie nie gefragt, warum sie nichts ausstellt. Es war offensichtlich, dass sie eine Künstlerin war, doch der Ehrgeiz ging ihr ab. Sie sagte immer, der Stolz mache die Künstler blind. Und dass man den eigenen Stolz nirgendwo besser überwinden könne als in einem Kunstwerk. Außerdem – aber das nur unter uns – waren ihre Sachen so oder so viel zu düster und unverständlich für den Massengeschmack.«

Von einem Buchhändler in der Avenida Corrientes erfuhr ich, dass seine Tante – Margarita – Anfang der sechziger Jahre auf die Escuela Pueyrredón gegangen war. Sie war schon sehr alt, aber noch ziemlich klar im Kopf.

Tante Margaritas Wohnung lag in der Nähe des Parque Centenario. An regnerischen Sonntagen glaubt man sich dort in die graue Eintönigkeit eines mitteleuropäischen Dorfs versetzt. Unterwegs kam ich an dem von Clorindo Testa entworfenen Hospital Naval vorbei. Wie immer wurde meine Aufmerksamkeit auf die bullaugenförmigen Fenster gelenkt, die die Fassade durchlöchern und ein Schiff simulieren sollen – aber wer hat schon Lust, sich auf hoher See zu befinden, wenn er krank ist? Manchmal führt ein Übermaß an Ästhetizismus zu nichts als selbstbesoffener Formverliebtheit.

Der Himmel war ungeheuer oben, die Straßen von feuchten Schatten gesprenkelt.

Eine kleine alte Frau mit grünen Augen im faltigen Gesicht öffnete mir die Tür. Ein leicht orangefarbener Zopf fiel ihr auf die linke Schulter, was ihr, mitsamt dem blauen Kleid, das Aussehen einer Bauersfrau verlieh. Sie bat mich herein.

Im schlecht beleuchteten Vorraum stand ein Bild auf einer Staffelei. Die Wohnung machte einen ziemlich staubigen Eindruck. Es gab zwei Sessel mit abgewetzten Häkelbezügen auf den Armlehnen. An den Wänden hingen Schmuckteller mit handgemalten Sprüchen wie: »Keine Rose ohne Dornen«, »Tote Hunde beißen nicht« oder »Gott bürdet uns nur auf, was wir tragen können«.

Wir ließen uns an einem Tisch nieder, und ich hatte das Gefühl, gleich werde mich ein Spinnennetz im Nacken kitzeln. Vor uns stand bereits ein Tablett aus Weidengeflecht, darauf Tassen, Teebeutel und ein Körbchen mit Toastscheiben. Allerdings war nirgendwo Butter oder Marmelade oder irgendetwas zu sehen, womit man das Brot hätte bestreichen können. Und heißes Wasser würde es erst geben, wenn eine gewisse Mónica mit der Thermoskanne käme, denn schon seit Wochen war im ganzen Haus das Gas abgestellt. In einer Ecke stand noch eine Staffelei, mit einem abstrakten Gemälde darauf, das offenkundig dieselbe Person gemalt hatte wie das Bild im Vorraum.

»Erinnern Sie sich noch an die Negra?«

»Natürlich, sie war älter als ich.«

»Ach so, ich dachte, Sie wären gleich alt.«

»Nein, nein, ich war jünger.«

»Aber Sie kannten sich von der Kunsthochschule?«

»Ob sie auch dort war, weiß ich nicht mehr. Ich habe sie immer an der Avenida Corrientes getroffen, da hat sie sich rumgetrieben.«

»Rumgetrieben?«

»Du verstehst schon ... Sie drehte da ihre Runden, eine Nutte eben.«

Sie lächelte milde, als wollte sie ihren Worten die Schärfe nehmen.

»Aha.«

»Warum interessierst du dich für diese Frau?«

Ich erklärte es ihr noch einmal, wenigstens so weit, wie es mir passend schien. Sie hörte reglos zu und erwiderte dann:

»Ihr Freund, dieser Oscar, der war mit vielen Mädchen zugange ... Ich war übrigens auch mal mit ihm zusammen.«

»Aha.«

Meine Überraschung war nicht gespielt.

»Ihm war ich zu bürgerlich, weil ich nicht mit ihm schlafen wollte, ohne verheiratet zu sein. ›Dann lass uns heiraten‹, hat er damals gesagt. Schade, dass ich seine ganzen Briefe verloren habe.«

»Man sagt, die Negra sei eine hervorragende Malerin gewesen.«

»Sagt man das? Wer sagt das? Damals gab es viele hervorragende Maler.«

Tante Margarita verzog jetzt das Gesicht, als rieche sie auf einmal an einer unsichtbaren rohen Zwiebel.

»Aber Malerinnen nicht ganz so viele. Jedenfalls sind sie nicht bekannt geworden.«

»Bekannt? Was heißt hier bekannt? So eine Übertreibung! Schau mal, sie sah wie eine richtige Provinzlerin aus, ihr Gesicht, ihre Wangenknochen sprangen einem quasi entgegen. Einmal erschien ein Foto von ihr in der Zeitung, und der Journalist beschrieb ihre Nase als die eines kleinen Pumas. Den Ausschnitt habe ich eine Zeitlang aufbewahrt, aber dann habe ich jemand anderen wirklich geheiratet und die ganzen Sachen weggeworfen.«

»Pumanase klingt doch hübsch.«

»Findest du?«

Tante Margarita war nicht mehr das sanfte Mütterchen von vorhin. Ihre Stimme klang jetzt hart.

»Du weißt, dass sie die Bilder für Berni gemalt hat, oder? Er hat anschließend seine Signatur daruntergesetzt und sie unter seinem Namen verkauft.«

Ich hielt ihrem Blick stand. Sie redete weiter:

»Weißt du, ich glaube, wenn man mehr Kopien malt als eigene Bilder, wird man irgendwann selbst ganz leer.«

»Vielleicht, muss aber nicht sein.«

»Willst du wissen, was die anderen damals gesagt haben? Dass sie nichts anderes konnte als fälschen, dass ihre eigenen Sachen Totgeburten waren. Hast du denn inzwischen herausgefunden, ob sie noch lebt?«

»Sie ist putzmunter«, log ich.

»Hat sie Alzheimer?«

»Von wegen.«

»Aber wenn sie noch lebt, wofür brauchst du dann mich?«

»Um das Bild zu vervollständigen, verstehen Sie.«

Da klingelte es. Wie sich herausstellte, war Mónica eine treu ergebene Schülerin. Sie hatte eine Thermoskanne und einen Mohnpudding dabei. Aber ich hatte keinen Hunger mehr. Die beiden fingen an, sich über die Invasion der chinesischen Supermärkte zu ereifern. Ich grimassierte, als hörte ich zu, betrachtete dabei jedoch die Bilder an der Wand. Sie waren grässlich. Ich hab es vorhin nicht erwähnt, hiermit sage ich es. Bald darauf verkündete ich, dass ich gehen müsse.

Da der Pförtner sonntags frei hatte, musste Tante Margarita mich zum Ausgang begleiten. Die echte Margarita und ihr Ebenbild im schwarzfleckigen Aufzugspiegel – beide in blauem Kleid – musterten mich wie zwei steife, nie gestreichelte, für jedwede Art der Zärtlichkeit unempfängliche Zwillingsvestalinnen. Unten angekommen machte der Aufzug einen kleinen Hüpfer und stoppte dann ruckartig wie ein plötzlich abbrechender Hagelschauer.

»Such dir ein anderes Thema«, flüsterten mir die echte Margarita und ihre Doppelgängerin zu. »Diese Frau taugt nicht zur Romanfigur.«

Ach! Nichts weckt so sehr die Lust, eine Tür zu öffnen, wie wenn man gesagt bekommt: Da solltest du nicht reinschauen. Das gilt hier genau wie im hintersten samojedischen Kaff. Schon damals hatte ich den Eindruck, dem von der Negra überlieferten Bild nicht recht trauen zu können – sie musste entweder ein viel besserer oder ein viel schlechterer Mensch sein.

Luisa war mit ihr beim Tanzunterricht gewesen. Sie und die Negra hatten zusammen Modern-Dance-Stunden genommen, in einem muffigen Loch unter einem Filmklub in der

Calle Lavalle. Einst war Luisa durchaus anmutig gewesen, zum Beweis zeigte sie mir ein Foto. Wenn die darauf abgebildete Person tatsächlich die war, die ich in diesem Augenblick vor mir hatte, so handelte es sich um eine erstaunliche Verwandlung: Aus der geschmeidigen Sylphe war ein wohlbeleibter General geworden, der einem sogar befehlen wollte, wie man seine Fragen zu formulieren hatte. (Sie erinnerte ein wenig an die frisch verwitwete Maria de Medici auf dem Porträt von Rubens.)

Sie sagte:

»Nein, nein, nein, nein. Du verstehst nicht. Sie war ein guter Mensch, aber manchmal hatte sie einfach Lust, böse zu sein. Als sie sich mit Oscar zerstritten hatte, ging sie mit einem Italiener, Livio. Der hatte eigentlich nichts für Frauen übrig, aber für sie machte er eine Ausnahme. Er ließ sie bei sich wohnen, in der Avenida Montes de Oca. Die Wohnung gehörte seinem Adoptivvater, Rodolfo Wilcock, diesem Schriftsteller, der damals schon in Italien lebte. Ich war ein paarmal bei ihnen. Eine alte Französin mit weißer Leinenhaube kümmerte sich um die beiden. Sie hieß Jeanette und verbrachte die meiste Zeit damit, das Feuer nicht ausgehen zu lassen. Sie warf Holz in den Kamin, das Feuer qualmte, und sie wurde ganz schwarz vor Rauch. In der Diele stand ein Porzellantellerchen, da legte Jeanette immer eine Zehn-Centavos-Münze für den Apotheker bereit, der täglich vorbeikam, um ihr Insulin zu spritzen. Einmal war Livio zum Abendessen bei Bioy Casares eingeladen. Borges war wie immer mit von der Partie. Nach dem Dessert las Livio ein Gedicht von Wilcock vor, auf Italienisch, es hieß: ›Al fuoco‹. Als er zurückkam, war ich gerade zu Besuch bei der Negra. Livio erzählte: ›Borges *ha detto*: Wie seltsam: Wenn einem ein Gedicht sehr gut gefällt, würde man am liebsten genau dasselbe noch einmal schreiben.‹ ›Das Gefühl kenne ich, und wie!‹, erwiderte die Negra. So war das, genau so, wie ich es erzähle, ich war dabei, und im Tagebuch von Bioy steht es auch.«

»Hat sie Ihnen einmal von dem Buch *Die Wolke des Nichtwissens* erzählt?«

»Nie gehört.«

»Hat sie denn niemals angedeutet, dass sie sich für Mystik interessierte?«

»Nein, du weißt ja, wie die Leute sind, ein Gemisch aus allem Möglichen. Manchmal sind wir mit dem Rad nach El Ancla gefahren, an den Strand, und wenn wir dort in der Sonne lagen, fingen die Negra und Livio an zu streiten, wer von beiden denn nun besser aussehe. Das zwischen den beiden war eine Art hedonistischer Liebe, nichts Leidenschaftliches, etwas, das heiterer, gelassener war. Ihre öffentlichen Liebesgeschichten waren etwas anderes. ›In der Liebe bedeutet Fortschritt, nacheinander auf Menschen zu treffen, die wie Gewehrschüsse sind, wie Kanonenschläge, wie Nitroglyzerin-Ladungen, wie Torpedos, Atombomben und schließlich wie Wasserstoffbomben‹, hat Wilcock mal geschrieben. Einmal erschien Oscar plötzlich in der Wohnung in Montes de Oca, und es kam zum großen Knall. Jeanettes Porzellantellerchen landete an der Wand und ging zu Bruch. Die Negra schämte sich so, dass sie verschwand.

Wo sie das Fälschen gelernt hat? Eine Kunsthochschule ist potenziell immer auch eine Fälscherschule. Man bringt den Leuten dort das Kopieren bei, weil es, wenn man Kunst lehren will, gar keine andere Möglichkeit gibt, als die Kunst der Vergangenheit nachzuahmen. Die Negra gehörte zur Gruppe um Polsello, sie waren viel zusammen unterwegs, aber sie war trotzdem anders als er. Polsello malte ein Bild fertig und und klebte ein Preisschild drauf. Sie nicht. Ich glaube, sie konnte einfach nicht loslassen. Sie hat aber nicht nur gemalt, sie hat auch andere Sachen ausprobiert. Da war zum Beispiel die Galerie Vignes an der Ecke Avenida Corrientes, Avenida Maipú, die hat ein Typ namens Llinás betrieben, im Nebenberuf. Damals gab es ein Projekt, das hieß ›Plastiken aus Plastik‹. Erinnerst du dich noch an diese Schlüsselanhänger aus Acryl, mit einem Schmetterling drin? Na gut, die Negra kam jedenfalls auf die Idee, einen Menschen in einen Plastikwürfel zu packen. Dafür hat sie gründlich recherchiert. Offenbar brauchte man eine Drainagepumpe, die die Flüssigkeiten absaugt, die freigesetzt werden, wenn der Körper zerfällt. Das Kompliziertere war indes, die passende Leiche aufzutreiben. Es musste unbedingt ein großer gut aussehender Mann um die dreißig sein, der keines gewaltsamen Todes gestorben war. Llinás sagte ihr dann, dass jemand so was in Paris schon mal gemacht habe, und die Sache wurde abgeblasen.

Später hat sie ein paar Bilder in riesigem Format gemalt, aber die wollte sie nicht zeigen. Geld verdient hat sie mit den Fälschungen. Die hat sie verkauft dank der Hilfe von García Martínez, dem Kritiker, der hat die Dokumente dazu angefertigt. Ein ganz wunderbarer Typ, er ist dann im La Paz gestorben.«

»In Bolivien?«

»Nein, nein, nein. In der Bar La Paz. Auf der Toilette.«

Das Leben dieser Leute scheint sich hauptsächlich in Kneipen abgespielt zu haben. Dort unterhielten sie sich, tranken, rauchten, und zwar so viel, dass sie inmitten der Wolken zu leben schienen wie die griechischen Götter, die von einem Tiepolohimmel auf die Sterblichen hinabsehen und Überlegungen zu ihrem Schicksal anstellen. Zugleich schirmte der Rauch sie ab von der Welt wie ein Vorhang. Diese jungen Männer und Frauen zwischen zwanzig und dreißig hielten sich für glänzende Begabungen, aber nicht alle waren wirklich brillant. Für die meisten von ihnen war die Literatur das Größte, ihr Geld verdienten sie jedoch mit Jobs in der Werbung. Man könnte einen Lost-Places-Reiseführer mit all den Bars zusammenstellen, die seither verschwunden sind. Kaum einer dieser Orte hat sich unverändert erhalten, die meisten wurden modernisiert und haben ihren Charakter verloren, überall findet man heute das gleiche weiße OP-Licht und die gleichen künstlichen Grünpflanzen vor. Doch es gab eine Zeit, in der diese Bars für viele der Zweit-, wenn nicht der Hauptwohnsitz waren, in jedem Fall die Wahlheimat. Die Habitués des Instituto Di Tella waren zugleich Stammgäste des Moderno in der Avenida Maipú 900, fast an der Ecke Calle Paraguay; die aufrührerischen Dichter trafen sich im La Paz an der Ecke Avenida Corrientes, Calle Montevideo; die Studenten der geisteswissenschaftlichen Fakultäten gingen ins Coto Grande in der Calle Paraguay 500; die Musiker erschienen um vier Uhr morgens, wenn das Cueva zumachte, im La Perla im Stadtteil Once. Ganz so streng waren die Aufteilungen natürlich nicht, es gab Überschneidungen, Seitenwechsel, Fremdbestäubungen. Das Leben der Bohème war hektisch, heftig, voller Extreme. Und vor allem maßlos – hitzige Prügeleien, brutale Triumphe, entsetzlicher Verrat. Ich kann hier aber nicht so tun, als wüsste ich bis in alle Einzelheiten Bescheid. Ich war ja nicht dabei, ich versuche das nur in Szene zu setzen ... Ein verzweifelter Griff nach dem Strohhalm, um die Stimmung von damals wiederzugeben.

Edgardo traf ich im La Biela, ich erkannte ihn an den weißen Hosen, die er früher immer bei Ausstellungseröffnungen getragen hatte. Zuerst sah er mich ruhig an, aber schon im nächsten Moment trübte sein Blick sich ein, als hätte die Erinnerung an die Negra den Effekt einer Vitamin-C-Brausetablette, die in ein Glas stilles Wasser fällt. In tiefen Gesteinsschichten lagernde Dinge schwebten auf einmal wieder um ihn herum.

»Ich erinnere mich, natürlich erinnere ich mich. Sie war von einer ganz besonderen Dichte«, sagte er. »Sie wohnte in der Calle Viamonte, in einer Art Souterrainwohnung. Dort drinnen regierte die Finsternis ... Aber die Dunkelheit wirkte nicht negativ, im Gegenteil. Schau mal, ich hab dir das Plakat ihrer ersten Ausstellung mitgebracht, das hab ich damals entworfen.«

Das Plakat war in sehr gutem Zustand und zeigte einen Vogel mit Sakko und Krawatte, eingeschlossen in ein Oval. Drumherum stand: *Zeichnungen. Galería Lirolay, Buenos Aires. 26. Mai bis 8. Juni 1965.*

»Aha, dann hat sie ihre Bilder also doch mal ausgestellt.«

»Natürlich, was denkst du denn? Wir wollten damals alle ausstellen. Das war eine Einzelausstellung, wahrscheinlich ihre erste, vielleicht auch die einzige, das weiß ich nicht.«

»Und was für Sachen hat sie dort gezeigt?«

»Zeichnungen, lauter Vogelmenschen. Mit Raben- oder Falkenschnäbeln, oder so. Mit Vögeln kenne ich mich nicht so gut aus.«

»Weißt du, ob sie damals etwas verkauft hat?«

»Keine Ahnung. So was wie Buchführung gab es da nicht, das spielte eigentlich keine Rolle.«

»Kannst du dich noch an andere Zeichnungen von ihr erinnern?«

»Ja, sie hat mir regelmäßig Sachen gezeigt, aber ich konnte sie nie gut sehen, weil es in ihrer Wohnung, wie gesagt, ziemlich dunkel war ... Man hat schon alles gesehen, aber immer nur halb.«

»Würdest du sagen, dass sie begabt war?«

»Sie war begabt, aber ihr Talent hatte nichts mit der Gegenwart zu tun.«

»Hast du sie später noch mal gesehen?«

»Nevermore.«

»Ich bin eine Kamera«, hätte Roberto über sich selbst sagen können. Stattdessen sagte er am Telefon:

»Sie lebte an einem Kreuzungspunkt aller möglichen historischen Ereignisse. Ich weiß noch, wie wir einmal in einer Kneipe in der Avenida Corrientes zu Abend gegessen haben, da kam sie rein, setzte sich Oscar gegenüber und fing an, ihm den Zigarettenrauch ins Gesicht zu blasen. Plötzlich stand Oscar auf, stieß den Tisch um, und das Geschirr flog durch die Gegend. ›Ein Greco, ein Greco‹, riefen die anderen.«

»Eine Performance ...«

»Eine gute Zeit für Performances war das. Ich sehe noch vor mir, wie sie einmal aus dem Teatro Colón kam, von mehreren jungen Mädchen umschwirrt. Eine dunkle Fee mit ihrem Nymphengefolge ... Als sie mich sah, winkte sie mir zu. Heute kommt mir das vor wie eine Szene aus einem Film von Dario Argento. Sie war wirklich besessen.«

»Besessen?«

»Ja, sie hatte was von einer Hexe ...«

»Weißt du, ob sie noch lebt?«

»Keine Ahnung. Sie hat sich immer wieder entschlossen von allem zurückgezogen. Ach ja ...«

»Ja?«

»Sie machte auch Halsketten, aus wunderschönen bunten Perlen, aber ich weiß nicht, ob das für dich von Bedeutung ist.«

Ich hatte das Gefühl, er wusste noch mehr, würde es mir aber nicht verraten.

In meiner Jugend wurde in Bars oft ein bestimmtes Spiel gespielt. Man legte eine Papierserviette auf ein Glas, fixierte sie mit einem Gummiband, sodass die Oberfläche straff gespannt war, und platzierte dann in der Mitte eine Zehn-Centavo-Münze darauf. Anschließend mussten die Mitspieler reihum mit einer Zigarette kleine Löcher in die Serviette brennen, rings um die Münze, aber so – und das machte die geradezu erotische Spannung des Spiels aus –, dass die Münze nicht ins Glas fiel. Bei wem das schließlich doch passierte, der hatte verloren. Meine Suche nach der Negra kam mir wie dieses Spiel vor, mit jeder Information, Anekdote, Erinnerung, die ich zusammentrug, fügte ich der Serviette ein weiteres Brandloch hinzu, kam ich der Negra näher – gefährlich nahe. Und ich wollte ihr ja näherkommen – und gleichzeitig doch nicht.

»Wo bist du?«, rief ich aus. »Wo hast du dich versteckt?« Man baut nun mal Verbindungen zu seinen Mitmenschen auf, niemand kann völlig isoliert leben. Die Negra schien eine Ausnahme von dieser Regel. Ihre gelegentlichen Freundschaften hatte sie jedes Mal schlagartig beendet. Es gibt solche Leute, sie gehen allein durchs Leben. »For to be social is to be forgiving«, wie es in Robert Frosts Gedicht »The Star-splitter« heißt – wer in Gesellschaft leben will, der muss vergeben können. Hat sie niemandem vertraut? Hatten die anderen irgendwann genug von ihr? Oder sie von den anderen? Die Negra baute so verlässlich Distanz zu den anderen auf, dass sie mit der Zeit unüberbrückbar wurde. Aber selbst so jemand hinterlässt Spuren.

Die Liste der Personen, die ich zur Negra befragen wollte, wurde rasch immer kürzer. Da ich in meiner Unerfahrenheit nicht daran gedacht hatte, die Gespräche aufzuzeichnen, und meine Notizen nahezu unlesbar waren, mischten sich die Stimmen in meinem Kopf, und ich wusste schon bald nicht mehr, wer was gesagt hatte. Das Ergebnis meiner Nachforschungen kam allmählich wie der Inhalt einer Black Box daher – ein wildes Sammelsurium von Stimmen, das letztlich zu kaum etwas zu gebrauchen war.

»Tut mir leid, ich kann Ihnen nicht weiterhelfen. Vor ein paar Jahren hat mir mal jemand von ihr erzählt, ich weiß aber nicht mehr, wer. Falls sie noch lebt, müsste sie sehr alt sein. Ich weiß nicht, vielleicht ist sie im Irrenhaus gelandet, oder in einem Heim, oder längst unter der Erde.«

»Im Altersheim, da bin ich mir fast sicher.«

»Sie ist Skorpion, eins der verführerischsten Wesen, die es auf der Erde gibt, aber auch eins der giftigsten.«

»Kennst du das Buch über Tanguito von Víctor Pintos? Ein gutes Buch, wirklich, eine vielstimmige Chronik dieser Jahre voller Liebe und Frieden und ausgeflippten Typen. Schau mal hier, zum Beispiel, da erzählt Jorgito el Lindo: ›Zum Fixen sind wir immer in die Wohnung von einem Krankenpfleger gegangen, der war blind und außerdem Klavierspieler. Als ich beim ersten Mal anschließend raus auf die Straße bin, habe ich an der nächsten Ecke Jimi Hendrix gesehen, wie er einen Baum bumste. Als das mit dem Fixen losging, wurden die Gruppen kleiner. Dafür sind wir immer zusammen zu einem von uns nach Hause gegangen. Anfangs waren wir vielleicht gerade mal zehn, mehr nicht. Ich glaube, die Ersten waren Tango, Silvia Washington, die Negra und ich.‹«

»Sie war richtig verrufen. Ein Typ wollte sie unbedingt rumkriegen, und als er es dann endlich geschafft hatte, sie mit nach Hause zu nehmen, hat sie ihm, als Vorspiel, sozusagen, den Rücken aufgeschlitzt ... Wie hat Gombrowicz immer gesagt: Traum oder Wirklichkeit? Woher soll man's wissen. Urbane Legenden, mehr oder minder wahrscheinlich ... ›Irgendwo in Patagonien hält das argentinische Heer einen tiefgefrorenen Außerirdischen versteckt‹, so was in der Art ...«

»Einmal sind wir alle nach Lobos, wir wollten eine Hippiekommune gründen. An dem See dort waren schon an die zweitausend Leute. Durch die Zeltwände hat man die Lichter von den Taschenlampen gesehen, und am Himmel sind lauter Hubschrauber rumgeschwirrt. Die Negra war der Kopf hinter der ganzen Sache, und als wir später zusammen am Lagerfeuer saßen, hieß es: ›Die Negra ist in dem Zelt da drüben. Nee, in dem da. Nee, in dem dort hinten.‹ Zu Gesicht bekommen hat sie aber keiner, niemals.«

Lust- und mutlos machte ich weiter und nannte das mir selbst gegenüber Disziplin. Ich schichtete nicht zusammengehörige Bilder übereinander und gab ihnen eine Bedeutung, die bloß ich nachvollziehen konnte. Diesen Eindruck bekam ich jedenfalls mit der Zeit. Manche glauben, die Erinnerung sei imstande, die Vergangenheit ebenso präzise in den Blick zu nehmen wie das Hubble-Teleskop die Säulen der Schöpfung, es brauche dafür nur genügend Konzentration und Willen. Die Erinnerung muss wirklich eine gute Marketingabteilung haben, denn was ihre Qualitäten als optisches Präzisionsinstrument angeht, scheint sie mir die eines Jahrmarktkaleidoskops kaum zu übersteigen. Der Versuch, mithilfe von im Gedächtnis gespeicherten Bildern ein Ereignis zu rekonstruieren, kommt meist der Halluzination allzu nahe – statt die Vergangenheit wiederherzustellen, schaffen wir sie neu, soll heißen: Wir machen Dramaturgien daraus. Die Erinnerung bearbeitet ihren Gegenstand, koloriert ihn nach, putzt ihn heraus, lässt Beton in den Farben des Regenbogens schillern, tut, was immer nötig ist, damit die Geschichte funktioniert – manchmal sage ich mir, sie ist sowas wie eine Ghostwriterin, eine Autorin im Schatten, eine »Negra«, wie sie in den Verlagen hierzulande sagen, eine durchtriebene literarische Negra ist das Gedächtnis …

Die Paranoia wird schlimmer, das kommt oft vor, wenn man lange auf der Lauer liegt. Allmählich gewöhnt man sich an seine Paranoia, ja, man kann sie sogar lieb gewinnen. (»Die Paranoia ist die Muse der Inspiration«, hat Tanguito gesagt.) Der Paranoiker glaubt, einen verborgenen Sinn zu erahnen, für ihn hat die Welt eine Form, sie folgt einem Muster, einer erbarmungslosen Logik, und alles, was ihn umgibt – Szenen, Menschen, Handlungen –, fügt sich ihm zum großen Schlussbild zusammen, zu einer Sonne, von der alle Strahlen ausgehen und zu der sie anschließend wieder zurückkehren. Während es da draußen in Wirklichkeit nichts dergleichen gibt – das Leben ist das genaue Gegenteil von Form, eine stupide Abfolge von Ereignissen, zwischen denen so gut wie keine Verbindung besteht. Die Paranoiker sind die letzten Romantiker.

Ich las damals viele Bücher, aber selten mal eines bis zum Ende. Meistens schlug ich irgendeins aufs Geratewohl auf und versenkte mich stundenlang in die Lektüre, legte es aber am nächsten Tag zugunsten eines anderen Buchs zur Seite. Schon bald wurde mir klar, dass mein Gehirn die Suche beim Lesen fortsetzte. In einem alten Buch über Falken las ich: »Er stellt fest, dass eine aussterbende Spezies nicht nur zahlenmäßig abnimmt, auch die Menge dessen, wofür sie stehen kann, wird geringer. Je seltener ein Tier wird, desto weniger Bedeutungen besitzt es. Zuletzt besteht es nur noch aus Seltenheit.« Ich las ein Gedicht von Cherubina de Gabriak: »Am Himmel wallt ein großes Tuch – das Gesicht – ich habe es nicht gesehen.« In *Das Buch Merlin* von T. H. White las ich: »Nicht an die Ursünde zu glauben, bedeutet nicht, an die ursprüngliche Tugend zu glauben. Es bedeutet nur, dass Ihr nicht glauben sollt, die Menschen seien völlig schlecht. Schlecht mögen sie sein, und sogar sehr schlecht, doch nicht völlig.« In Joseph Brodskys *In eineinhalb Zim-*

mern las ich: »Kein Leben ist dazu bestimmt, präserviert zu werden. Sofern man nicht ein Pharao ist, bemüht man sich nicht, Mumie zu werden.« Im *Verzeichnis der nautischen Begriffe der argentinischen Küstenwache* las ich: »Den unterhalb der Wasserlinie verborgenen Teil des Schiffsrumpfs, der für die Stabilität von entscheidender Bedeutung ist, bezeichnet man als ›obra viva‹ beziehungsweise ›Unterwasserschiff‹.« Waren das nicht lauter versteckte – oder auch ganz offene – Hinweise für meine Suche?

Mit solchen Dingen war ich beschäftigt, als ich auf eine Biografie Wiliam Blakes stieß. Die Geschichte dieses Buches hat mit meinem eigentlichen Thema nur entfernt zu tun, dennoch ist sie so lehrreich, dass ich mir erlaube, sie hier kurz zusammenzufassen.

An einem wolkenlosen Morgen des Jahres 1860 erhielt Dante Gabriel Rossetti einen Brief eines gewissen Alexander Gilchrist. Dieser junge Kunstkritiker war einige Jahre zuvor durch eine Monografie zum Werk des Malers William Etty bekannt geworden, der mit seinen riesigen Aktbildern für einen Skandal gesorgt hatte. Nun war Gilchrist besessen von der Idee, eine Biografie William Blakes zu verfassen, der nach seinem Tod zu einer Art spirituellem Führer der Präraffaeliten geworden war. In einer Londoner Buchhandlung war Gilchrist auf Blakes *Buch Hiob* gestoßen, und die Bilder dieser »Chronik einer Erleuchtung« hatten sich ihm unauslöschlich eingebrannt. Um sich in die Gedankenwelt des Künstlers hineinzuversetzen, benötigte Gilchrist dessen Notizheft, das sich in Rossettis Besitz befand und von diesem eifersüchtig gehütet wurde.

Als Gilchrist Rossetti wenig später persönlich gegenüberstand, wusste dieser sogleich, dass er es mit einem Bruder im Geiste zu tun hatte. Der Anblick seiner traurigen Augen und des langen Halses mit dem deutlich hervortretenden Adamsapfel beruhigte Rossetti, und schon in der darauffolgenden Woche gab er Gilchrist *carte blanche* zur Verwendung des Manuskripts. Woraufhin Gilchrist es sich ganz und gar einverleibte – oder sich ganz und gar von ihm einverleiben ließ. Als er irgendwann wieder das Bewusstsein zurückerlangte, hatte er sich in einen hundertprozentigen Blake-Adepten verwandelt. Bald darauf heiratete er eine gewisse Anne Burrows, und Gilchrists Vorstellung von Flitterwochen sah vor, in London zu bleiben, Blakes grafisches Werk zu studieren und alle möglichen Leute zu befragen. Als Gilchrist seine Untersuchungen als abgeschlossen betrachtete, war er bereits im Besitz eines Vertrags mit dem Verlag Macmillan.

Zwei Jahre später hatte er das Buch erst zur Hälfte fertiggestellt und war am Ende seiner Kräfte. Er hatte keinen Cent, dafür aber vier Kinder. Manchmal zwang ihn das Fieber über mehrere Tage hinweg ins Bett. Dann übernahm seine Frau das Kommando. Sie fertigte Abschriften aller möglichen Dokumente an, trug weitere Informationen zusammen und bereitete das Register vor. Angesichts der Verzögerungen erhöhte der Verlag den Druck, und Gilchrist versprach, das Buch innerhalb eines Jahres abzuliefern. Er hätte wissen müssen, dass es keinen schlechteren Plan gibt, als einen Plan zu haben. Nicht lange, und Gilchrists älteste Tochter bekam Scharlach. Auch Gilchrist selbst erkrankte wieder. Zehn Tage später fiel er ins Koma. Anne sollte anschließend schreiben: »Von den Anstrengungen war sein Geist erschöpft, das Fieber brannte in ihm wie Feuer, vier Tage Delirium, und dann das staunende Ende: Ohne noch ein Wort zu sagen, aber mit liebevollem Erkennen im Blick, verschied er. In der stürmischen Nacht des 30. November 1861 erhob sein Geist sich in den Himmel.«

Gilchrist starb im Alter von dreiunddreißig Jahren. Die große Blake-Biografie war noch nicht fertig, doch seine Frau beschloss, das Werk fortzusetzen, sie kannte die Arbeitsweise ihres Mannes genau. Nun würde man sehen, ob sie auch seinen Tonfall nachahmen konnte. Ein Jahr später hatte sie auch den zweiten Teil beendet. Unter dem Titel *Life of William Blake, »Pictor Ignotus«* erschien die Biografie 1863 in London. Es war der erste Versuch, den Lebenslauf des großen William Blake – dieser, in Chestertons Formulierung, »rotglühenden Kanonenkugel« – nachzuzeichnen, der sich in apokalyptischen Bildern ausdrückte, den Tod offensichtlich nur als Übergang von einem Zimmer ins nächste betrachtete und sich seine Gedichte angeblich von seinem verstorbenen Bruder in die Feder diktieren ließ. Im Unterschied zu vielen anderen Biografien aus viktorianischer Zeit ist diese in einer lebendigen Prosa geschrieben und zeigt, dass Blake keineswegs ein gestalt- und zusammenhangsloses Etwas hervorgebracht hat, im Gegenteil, der Typ folgte einem Plan, der das Universum in seiner Gesamtheit erklärt, es konnte ihn bloß niemand verstehen.

Rätselhaft bleibt die Entstehung von *Life of William Blake*, dieses Buchs, das wie kaum ein anderes dazu beigetragen hat, einen Künstler vor dem Vergessen zu bewahren. »Außer mir hätte es niemand fertiggebracht«, sagte Anne bei Abgabe des Manuskripts zu dem Verleger. »Beim Schreiben war Gilchrists Geist stets an meiner Seite. Wenn ich innehielt, spürte ich, wie er sich entfernte.« Eine innige Zusammenarbeit also zwischen einem verstorbenen Ehemann und seiner noch lebenden Frau. Damals glaubte man noch an solche Dinge. Später »erhoben sich die Himmel in die Höhe«, wie Hazlitt gesagt hat, und der Glaube ans Übernatürliche erlosch.

Ein gewisser Herr Ramos

Meine Suche hatte etwas Rührendes, um nicht zu sagen, Lächerliches, das wird mir jetzt klar. Im Grunde trieb mich wohl die Sehnsucht, das, was C. S. Lewis als die untröstliche Suche nach etwas beschrieben hat, von dem wir nicht wissen, was es ist – die Negra verkörperte für mich im Grunde eine besondere Geisteshaltung, eine ferne Wolke am Horizont.

Natürlich machte ich mir nichts vor, aber obwohl immer deutlicher wurde, dass ihre Biografie mir trotz aller Anstrengungen gleichsam zwischen den Fingern zerrann, war ich noch nicht bereit, aufzugeben. Dank der Suche nach ihr hangelte ich mich durch die Tage, sie verschaffte mir ein Ziel, einen Daseinsgrund, all das, was ich in der Zeit davor mehr und mehr verloren hatte. Solange ich mit der Suche beschäftigt war, hatte ich etwas, woran ich mich ausrichten konnte, und immer passierte etwas, und sei es noch so geringfügig, dafür sorgte schon der Ruf, den sich die Negra erworben hatte, er brachte die Leute dazu, egal welche seltsame Anekdote aus der damaligen Zeit mit ihr in Verbindung zu bringen. Einige wenige davon genügten, um das Leben dieser Frau zusammenzufassen. Aber wer war die Negra wirklich? Das schien niemand zu wissen.

1. Sie war eine Einzelgängerin und trotzdem nie allein.
2. Wie die allermeisten Menschen mit Talent hatte sie eine zerstörerische Seite.
3. Aus der Bibliothek eines Freundes stahl sie Karl Mennin-

gers Buch *The Human Mind*, eine Beschreibung aller möglichen abweichenden menschlichen Verhaltensformen. Im Vorwort heißt es: »Die Vorstellung von Normalität stößt mich ab. Wer auch immer es im Leben zu etwas bringt, ist von vornherein anormal.«

4. Während der Diktatur verpfiff sie Leute, für Drogen. Das hat man von vielen behauptet. Bewiesen wurden die Vorwürfe nie.
5. Tagsüber schlief sie, denn – wie Wilcock sagt: »Kein Mensch hat wohl jemals schwarze Blumen gesehen, wenigstens nicht bei Tage.«
6. Weil ihr Zahnarzt die Sache nicht schnell genug hätte erledigen können, knetete sie sich einmal selbst eine Füllung aus Wachs. Als sie am Abend ausging, hatte es draußen gerade einmal sechs Grad. Trotzdem bestellte sie in der Bar einen Whisky auf Eis – ein heißer Kaffee hätte das Wachs zum Schmelzen bringen können.
7. Wenn es um die Negra geht, verschiebt sich die Bedeutung mancher Wörter: Gut kann schlecht heißen, und umgekehrt. Genau wie im Knastjargon.
8. Manchmal sprach sie von ihrem Vater – er war Seemann gewesen –, oder von ihrer Mutter – die war ein wunderbarer Mensch gewesen. Aber alles blieb stets im Ungefähren.
9. Anfang der siebziger Jahre wohnte sie im Hotel Melancólico. Das Bild von Mariette Lydis, das im Esszimmer hing, war ihre erste Fälschung.

Seltsam, wie die Nacht unser Bewusstsein manipuliert. Mehrere Monate nach Beginn der Suche hatte ich einen Traum. Zwei Frauen standen auf einem wackligen Steg und unterhielten sich. Auf das nicht weniger wacklige Geländer gestützt, betrachteten sie den See, der sich ihren Blicken darbot. Die eine war wesentlich älter als die andere, erkennbar an ihrem weißen Haar und der nicht mehr wahrnehmbaren Taille, was ihr das Aussehen eines Turms beim Schachspiel verlieh. Von Weitem hätte man die beiden in ihrer reglosen Nähe für ein Liebespaar halten können. Ich sah sie nicht, wusste aber, um wen es sich handelte. Da setzten Windstöße ein, die Bäume reagierten mit empörtem Astgefuchtel, es wurde kalt, und Mariette Lydis zog ihren alten Einwanderinnenmantel aus und übergab ihn der Negra. Sie zeigte ihr, wie man in Europa einen Mantel anzieht, indem man die Hemdmanschette mit den Fingerspitzen festhält, bevor man in den Ärmel schlüpft. Wie es im Traum so geht: Auf einmal waren Enriqueta und ich die beiden, die auf dem Steg mit den Tücken des Anziehens kämpften, während die über uns dahingleitenden Wolken in rascher Folge ihre Gestalt veränderten. Es war ein stiller, unbeholfener Kampf des Ziehens und Zerrens zwischen uns, und schließlich stürzten wir deswegen ins Wasser, und ich erwachte.

Aufgewühlt stieg ich aus dem Bett. Auch der Pharao wurde durch seine Träume in Unruhe versetzt, aber ihm stand wenigstens Joseph zur Seite, um sie auszulegen, ich dagegen hatte nicht mal einen Psychoanalytiker, der meine Träume als »viel zu direkt« abtat. Ich hielt mich also an meine eigene Deutung. Detektive setzen ihre Ermittlungen angeblich auch im Traum fort und folgen dann Spuren, bei denen sie auf das Material des Unbewussten zurückgreifen, das im Wachzustand nicht zur Verfügung steht.

Die beiden Frauen hätten nicht unterschiedlicher sein können. Mariette Lydis und die Negra. Die eine war dreißig Jahre älter als die andere, die eine stammte aus Europa, die andere aus Südamerika, die eine war eine eisige Blondine, die andere eine stürmische Schwarze, die eine ein ewig träumendes Mädchen, die andere eine hellwache Femme fatale. Und doch waren ihre Denkweisen einander erstaunlich ähnlich.

Wie damals, als Andrej Belyj und Alexander Blok die Hemden tauschten, um ihre Freundschaft zu besiegeln, war der Manteltausch der beiden Frauen in meinem Traum eine Form, in die Haut des jeweils anderen zu schlüpfen. Etwas Intimes verband diese beiden Frauen. Die Negra fälschte keine Unbekannte, als sie Lydis fälschte. Ich spielte ein paar Möglichkeiten durch und hielt mich dabei an eines der Prinzipien von Mark Aurel: Einfachheit. Wo könnten die zwei sich kennengelernt haben? Bei einer Ausstellungseröffnung in dem Kulturzentrum Instituto Di Tella? Beide verkehrten in den sechziger Jahren in den entsprechenden Kreisen, gehörten allerdings unterschiedlichen Stämmen an – die eine verkehrte mit der schicken Intelligenzija, die andere mit der schäbigsten Bohème. Diese Version überzeugte mich nicht. In Lydis' Atelier? Das hörte sich schon vielversprechender an. Hatte die Negra für Lydis Modell gestanden? War sie ihre Schülerin gewesen? Ihre Geliebte? War Lydis am Ende doch die Anführerin der Bande der melancholischen Fälscher gewesen, wie Enriqueta einmal insinuiert hatte? Seltsam, wie man vergisst, dass man bestimmte Dinge weiß, oder wie man sich Dinge zu eigen macht, die man irgendwann gelesen hat, ohne sich später auch nur im Geringsten erinnern zu können, wo. Oder könnten sie sich – dritte Möglichkeit – auf dem Landgut des Sammlers kennengelernt haben? Waren nicht alle Maler jener Zeit regelmäßig dort zu Besuch? Vielleicht hatte der Hausherr, der sich seinerseits wegen gefälschter Gemälde etwas später in einen legendären Prozess verwickelt sehen sollte, die beiden in der Hoffnung einander vorgestellt, dass ihre Verbindung ihm künftig von Nutzen sein könnte? Beweise dafür hatte ich nicht, aber, wie Galasso sagt: Was der Verstand sieht, wenn er einmal eine Verknüpfung hergestellt hat, sieht er für immer.

Dieser Vermutung ging ich nach, und sie führte mich an den Nationalen Strafgerichtshof. Ich schaffte es, an die entsprechenden Akten zu gelangen, um herauszufinden, ob womöglich eine Verbindung zwischen dem Sammler und den beiden Frauen bestanden hatte. »Als dieser Stein umgedreht wurde, kam eine Menge unvermuteter Beziehungen ans Licht«, hatte Enriqueta einst zu mir gesagt.

Ich bekam es mit sechs dicken Ordnern zu tun, an die tausend vergilbte Seiten, die bei der leisesten Berührung zerbröselten wie Zwiebelschalen. Was Sie im Folgenden lesen werden, falls Sie die nötige Geduld aufbringen, ist eine Auswahl an Zitaten beziehungsweise eine Zusammenfassung der wesentlichen Argumente in dem Prozess gegen den wegen der Fälschung mehrerer Figaris angeklagten Federico Manuel Vogelius. Es ist nicht die ganze Geschichte, aber welche Geschichte ist das schon?

Nationaler Strafgerichtshof Buenos Aires
Kläger: Damián Bendahan
Beklagter: Federico Manuel Vogelius
Tatbestand: Betrug / Kunstfälschung
Datum: 23. Dezember 1966
Vorsitzender Richter: Héctor Dionisio Rojas Pellerano

Eidesstattliche Erklärung Damián Bendahan

Am 23. Dezember 1966 erscheint vor der ersten Kammer dieses Gerichts Damián Bendahan, argentinischer Staatsbürger, Alter: 52 Jahre, Familienstand: verheiratet, Beruf: Ingenieur. Nach eidesstattlicher Versicherung erklärt Bendahan, mit dem Beklagten, Herrn Federico Manuel Vogelius, durch mehrere langjährige Geschäftsbeziehungen verbunden gewesen zu sein. Auf diese Weise habe er Kenntnis davon erlangt, dass Vogelius sich auch als Kunstsammler betätigte, insbesondere von Werken des uruguayischen Malers Pedro Figari. Er erklärt weiter: Seit 1960 habe er Herrn Vogelius mehrfach Bilder abgekauft, darunter insgesamt elf Figaris. Aufgrund ihrer freundschaftlichen Beziehung habe er sich in keinem Fall Quittungen ausstellen lassen. Einige Zeit später habe er, Bendahan, infolge eines finanziellen Engpasses Herrn Fidel Rodríguez, einen früheren Angestellten von Vogelius, gebeten, die Bilder durch den Banco Municipal beleihen zu lassen. Zwei Tage danach habe das Bankhaus mitgeteilt, es seien ihm bereits vor einiger Zeit von Herrn Vogelius mehrere identische Gemälde zur Beleihung überlassen worden. Sämtliche von Bendahan der Bank angebotenen Gemälde seien Fälschungen. Das sei alles, was er, Bendahan, zu sagen habe.

Aussage Polizeihauptmeister Mancini

26. Dezember 1966. Der Zeuge gibt folgende persönliche Angaben zu Protokoll: Name: Alfredo Pedro Mancini, argentinischer Staatsbürger, Alter: 37 Jahre, Familienstand: verheiratet, Beruf: Polizeihauptmeister. Der Zeuge erklärt: Am Wohnsitz des Angeklagten – Calle Cerrito 1330 – sei ihm, ohne dass er sich als Polizeibeamter zu erkennen gegeben habe, auf Nachfrage durch eine weibliche Person mitgeteilt worden, Herr Vogelius sei am frühen Morgen desselben Tages nach Punta del Este in Uruguay abgereist.

27. Dezember 1966

Ein Herr, der erklärt, Federico Manuel Vogelius zu sein, findet sich unaufgefordert bei Gericht ein. Er wird vorläufig festgenommen und um 19:30 Uhr dem zuständigen Richter vorgeführt.

Eidesstattliche Erklärung Federico Manuel Vogelius

Federico Manuel Vogelius, argentinischer Staatsbürger, Alter: 48 Jahre, Familienstand: verheiratet, Beruf: Vermessungsingenieur und Wirtschaftsprüfer, erklärt zum Gegenstand der Untersuchung: Er sei Besitzer eines Laminierwerks, einer Getreidemühle, mehrerer Sägewerke, einer Trockengemüsefirma sowie einer Puppenfabrik gewesen. 1946 habe er gemeinsam mit Herrn Bendahan das Aluminiumwalzwerk »Alsico« gegründet. Seit 1953 sammle er Erstausgaben von Büchern sowie Gemälde, seine besondere Vorliebe gelte dabei Werken des Malers Pedro Figari.

Befund der hinzugezogenen Sachverständigen

In Begleitung mehrerer vorab ausgewählter Sachverständiger begab Gerichtssekretär Dr. Marcelo Terán sich zum Banco Municipal. Nach dort durchgeführter Inaugenscheinnahme der Gemälde aus dem Besitz Herrn Bendahans kam es zum folgenden stenografisch mitgezeichneten Meinungsaustausch:

Payró: »Ich halte die Bilder für wirklich miserabel.«

Stein: »So einfach lässt sich das nicht sagen. Zunächst muss ich mir in Ruhe die Unterlagen vornehmen, ohne geeignete Hilfsmittel ist hier nichts zu machen. Jedenfalls ist mir nicht klar, worauf das Gericht eigentlich hinauswill.«

Payró: »Es geht darum, festzustellen, ob es sich um Originale handelt oder nicht.«

Stein: »Ich denke, es ist durchaus möglich, dass eins der elf Werke echt und trotzdem miserabel ist.«

Feinsilber: »Für das Gericht ist es völlig unerheblich, ob die Bilder gut oder schlecht sind.«

Stein: »Und was, wenn ein Bild nur teilweise gefälscht ist?«

Dr. Terán: »Um die juristischen Schlussfolgerungen kümmern wir uns, keine Sorge.«

Stein: »Die Qualität der Bilder spielt also nicht die geringste Rolle, wirklich erstaunlich.«

Gemeinsamer Befund der Sachverständigen: »Diese Gemälde sind plumpe Nachahmungen. Teilweise übernehmen sie große Fragmente der originalen Meisterwerke, der Farbigkeit fehlt es dabei jedoch an Harmonie, der Duktus bleibt ohne jede Eleganz, die Ausführung unsicher, der Farbauftrag unbeholfen.«

Eidesstattliche Erklärung Federico Manuel Vogelius, Fortsetzung

Eine der Bezugsquellen für die Gemälde, mit der er sich regelmäßig in einer Lokalität in der Calle Suipacha getroffen habe, sei ein gewisser Herr Ramos gewesen, aus Uruguay stammend, etwa 25 Jahre alt, dunkler Teint, circa 1,65 Meter groß, Schnurrbart, glattes schwarzes Haar, Gesicht eines »Provinzlers«. Diesem habe er Zigarren, importierten Whisky und mehrfach auch Werke von Figari abgekauft. Im Winter 1956 habe Herr Ramos ihm ein Geschäft vorgeschlagen, etwa zwanzig Figaris zum Preis von 120.000 Pesos. Da er, Vogelius, die Summe nicht allein habe aufbringen können, habe er sich an Bendahan gewandt. Sie hätten die Gemälde untereinander aufgeteilt, etwa elf seien an Bendahan gegangen, nicht mehr als sieben an ihn, Vogelius. Anfang 1962 sei dann eine Reihe von Figaris auf dem Markt aufgetaucht, mehrere davon identisch mit den zuvor von Ramos an sie verkauften Gemälden. Als er sie miteinander verglichen habe, sei er, Vogelius, zum Schluss gelangt, dass die in seinem Besitz befindlichen Werke Kopien seien. Dies habe er Bendahan mitgeteilt, der daraufhin gefragt habe, ob er noch in Kontakt zu Ramos stehe. Er habe die Frage bejaht. Sie hätten sich dann zu einem gemeinsamen Treffen in den Geschäftsräumen in der Calle Maipú verabredet. Dabei hätten sie von Ramos ihr Geld zurückverlangt. Ramos sei auf die Forderung eingegangen und habe ihnen fast die gesamte Summe erstattet. Anschließend habe er, Vogelius, seine Kopien zerstört und Bendahan nahegelegt, es ihm nachzutun. Er habe Bendahan zudem gebeten, die Sache für sich zu behalten, da dies seinen, Vogelius', Ruf als Sammler gefährden könne.

Eidesstattliche Erklärung Bendahan, Fortsetzung

Was den von Vogelius erwähnten Herrn Ramos angehe, so wisse er, Bendahan, weder, um wen es sich handle, noch sei er der betreffenden Person jemals begegnet. Es sei naiv, anzunehmen, ein in Fragen der Malerei so beschlagener Mann wie Vogelius kaufe Gemälde von einem Unbekannten, der normalerweise mit Zigarren und geschmuggeltem Whisky handele.

Aussage Saúl Posternak, Wirtschaftsprüfer, Angestellter der Firma Alsico

Er erinnere sich daran, dass gelegentlich jemand in der Firma erschienen sei, der mit Zigarren und Alkohol gehandelt habe. Wenn er diesen Ramos wiedersehen sollte, würde er ihn wahrscheinlich erkennen. Er sei weder gut noch schlecht gekleidet und auch sonst keine auffällige Erscheinung gewesen, weder attraktiv noch hässlich, normal. Ob er einen Schnurrbart gehabt habe, wisse er nicht mehr, er glaube es aber nicht. Einmal habe er Ramos mit Gemälden von Figari in die Firma kommen sehen, die habe er auf dem Schreibtisch des Direktors abgelegt.

Phantombild

Zu Ermittlungszwecken ließ das Gericht ein Phantombild jenes Herrn Ramos anfertigen. Herrn Vogelius' Angaben folgend erstellte der Phantombildzeichner Polizeikommissar Juan Edgardo Fourcade das untenstehende Bild.

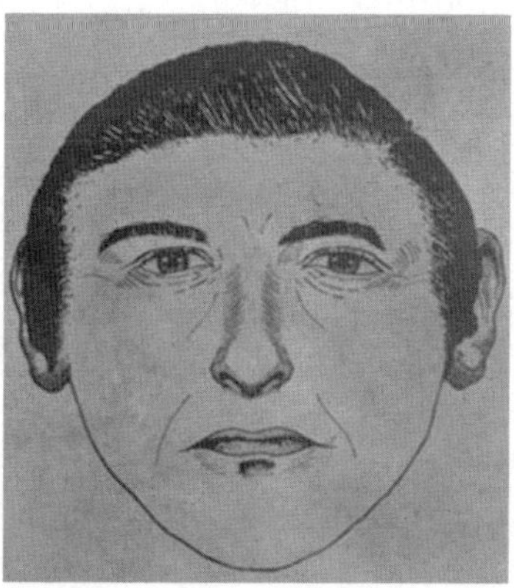

Eidesstattliche Erklärung Bendahan, Fortsetzung

Seines Wissens gebe es noch mehr von Vogelius Geschädigte, insbesondere im Zusammenhang mit einer Ausstellung von Werken Pedro Figaris im Pariser Musée National d'Art Moderne.

Aussage Miguel Lermon

Im Mai 1960 sei im Pariser Musée National d'Art Moderne eine Figari-Retrospektive eröffnet worden. Die Idee für die Ausstellung sei von dem Unternehmer Vogelius gekommen, er habe ihn Anfang 1960 angerufen und gebeten, drei Figaris dafür zur Verfügung zu stellen. Er habe ihm erklärt, er werde die Gemälde höchstpersönlich im Flugzeug mitnehmen, weshalb sie aus dem Rahmen entnommen werden müssten. Nach der Ausstellung habe Vogelius erneut angerufen, um mitzuteilen, dass sich die Rückgabe der Gemälde ein wenig verzögere, da es Schwierigkeiten bei der Zuordnung der dazugehörigen Rahmen gebe. Er habe bei dieser Gelegenheit berichtet, die Figari-Ausstellung in Paris sei ein Triumph gewesen. Einen Monat später habe Vogelius sich wiederum gemeldet und die Aushändigung der Werke angekündigt. Noch am selben Tag sei er bei ihm zu Hause erschienen. Im Halbdunkel des Vorraums habe er, statt sich die Übergabe quittieren zu lassen, ihm, Lermon, angeboten, ihm die Gemälde abzukaufen. Er habe diese jedoch nicht verkaufen wollen. Am nächsten Tag sei ihm bei genauerer Betrachtung der Bilder etwas Seltsames aufgefallen. »Als hätte man einem über Nacht ein fremdes Kind in die Wiege gelegt.« Als er die Bilder mit den Fotos abgeglichen habe, die er zufälligerweise aufgenommen hatte, bevor sie die Reise nach Paris antraten, habe er festgestellt, dass es sich tatsächlich um Fälschungen handelte. Da er nach Meinung seines Anwalts über keine ausreichenden Beweise verfügte, habe er Vogelius nicht auf die Sache angesprochen. In der Kunstwelt habe jedoch das Gerücht kursiert, dass sämtliche Vogelius gutgläubig für die Pariser Ausstellung überlassenen Gemälde kopiert und ebendiese Kopien statt der Originale an die Besitzer zurückgegeben worden seien. Da Figari für gewöhnlich auf dicker Pappe gearbeitet habe, sei es durchaus möglich, diese mittig durchzuschneiden, sodass Vogelius die Originalgemälde (wenn auch ohne das ursprüngliche Etikett, dessen Fälschung aber natürlich ein Kinderspiel sei) für sich behalten habe, während den Besitzern bloß die originalen Rückseiten mit gefälschter Vorderseite zurückgegeben worden seien.

Eidesstattliche Erklärung Vogelius, Fortsetzung

Nach der Rückkehr aus Paris seien die Gemälde in die Galerie Witcomb gebracht worden, wo Herr Juan Fernández sie in ihre Rahmen gesetzt habe. Anschließend seien sie wieder ihren Besitzern übergeben worden. Dass es sich dabei um Fälschungen handelte, habe er, Vogelius, nicht bemerkt. Falls es tatsächlich zu einer arglistigen Täuschung gekommen sein sollte, sei diese in der Galerie Witcomb zu verorten. Dazu müsse man Herrn Fernández befragen. Der sei allerdings verstorben.

Antrag

Verehrtes Gericht: Da Herr Vogelius aus geschäftlichen Gründen nach Mexiko reisen muss, beantrage ich als sein Anwalt hiermit eine dreiwöchige Ausreisegenehmigung für meinen Mandanten. Rechtsanwalt Dr. Francisco de la Vega

Bescheid

Zur allfälligen Kenntnisnahme: Dem Antrag wird nicht stattgegeben.

Exemplar des Katalogs zur Pariser Figari-Ausstellung

Auf der Rückseite mehrere handschriftliche Vermerke, die zweifelsfrei Vogelius zuzuordnen sind, darunter »Jorge Demarchi juncal 2244«. Nach polizeilichen Erkenntnissen handelt es sich hierbei in Wirklichkeit um den Wohnsitz von Jorge Sangorrín, einem mutmaßlich international tätigen Betrüger, derzeit jedoch flüchtig, und ehemaliger Geschäftspartner von Vogelius beim Betrieb des Nachtclubs Chaumier in der Calle Tres Sargentos.

Rückerstattung

Bei der Durchsuchung der im Besitz von Herrn Vogelius befindlichen Räumlichkeiten in der Calle Pueyrredón wurde versehentlich auch ein als echt einzustufendes Bild des Malers Marc Chagall beschlagnahmt, das mit der infrage stehenden Angelegenheit nichts zu tun hat. Hiermit beantrage ich die unverzügliche Rückerstattung des Gemäldes. Ich bitte zu bedenken, welcher Schaden meinem Mandanten dadurch entstanden ist, dass ein Gemälde von äußerst hohem Marktwert im Zusammenhang eines derartigen Prozesses auftaucht. Rechtsanwalt Dr. Francisco de la Vega.

Aussage Juan Pedro Kramer

Er sei gebeten worden, seine Bilder für die Pariser Ausstellung zur Verfügung zu stellen, sei der Bitte jedoch nicht nachgekommen. Der Zeuge erklärt weiter: Im darauffolgenden Jahr 1961 sei er anlässlich einer Ausstellung im Museo Nacional de Bellas Artes erneut um eine Leihgabe gebeten worden und habe der Bitte zunächst auch entsprochen. Als er jedoch bei einem Besuch der Ausstellung kurz vor der Eröffnung festgestellt habe, dass viele der dort hängenden Figaris Fälschungen waren, darunter einige der bereits in

Paris gezeigten Exponate, habe er beschlossen, seine eigenen Bilder aus der Ausstellung zu nehmen.

Anzeige

Die Besitzer des in der Calle Patricios 933 gelegenen Juweliergeschäfts erstatteten auf der Polizeiwache 25 Anzeige gegen Rodolfo A. Ruiz Pizarro wegen des Verkaufs dreier gefälschter Figari-Gemälde. Gegen Ruiz Pizarro wurde ein Prozess wegen Betrugs eröffnet, er befindet sich derzeit in Untersuchungshaft in der Unidad Carcelaria 2.

Aussage Rodolfo A. Ruiz Pizarro

Rodolfo A. Ruiz Pizarro, argentinischer Staatsbürger, Alter: 47 Jahre, Familienstand: verheiratet, erklärt, er sei seit seiner Jugend Maler von Beruf und verdiene sich seinen Lebensunterhalt ausschließlich mit der Anfertigung dekorativer Gemälde. Vogelius kenne er dem Namen nach, er sei ihm als großer Sammler bekannt. Die Frage, ob Vogelius ihn irgendwann mit der Imitation von Gemälden Figaris beauftragt habe, verneint er. Dies sei alles, was er diesbezüglich mitzuteilen habe.

Aussage Juan Alberto Gregorio Sabatini

Bankangestellter. Arbeitet als Sachverständiger für den Banco Municipal. Am 28. Oktober 1960 habe Herr Vogelius der Bank elf groß- und siebzehn kleinformatige Ölgemälde von Pedro Figari zur Beleihung überlassen. Vogelius habe damals erklärt, er benötige schnell eine größere Geldsumme, um ein Bild des Malers Georges Braque zu erwerben. Alle Figari-Bilder seien ungerahmt gewesen, Vogelius habe gesagt, er habe die Rahmen »zum besseren Transport« entfernt. Der Zeuge erklärt weiter: Eine derart große Anzahl von Bildern zu beleihen sei ganz und gar ungewöhnlich, erst recht gelte das für die Art und Weise, also ohne Rahmen und ohne Verglasung.

Aussage Ernesto Deira

Alter: 39, Familienstand: verheiratet, Beruf: Rechtsanwalt. Der Zeuge Deira erklärt, er sei ein enger Freund des Angeklagten Herrn Vogelius. Auch mit Juan Fernández sei er gut befreundet gewesen. Dieser habe ihn einen Monat vor einer Operation besucht, ihn über seinen, Fernández', kritischen Gesundheitszustand aufgeklärt und gebeten, eine Reihe persönlicher Angelegenheiten für ihn zu erledigen. Bei dieser Gelegenheit habe er ihm, Deira, mehrere verschlossene Umschläge übergeben, mit dem Auftrag, diese im Fall seines Ablebens zu verbrennen. Was im Februar 1962 dann auch auf vereinbarte Weise geschehen sei.

Urteil des Vorsitzenden Richters Dr. H. D. Rojas Pellerano, 1968

Federico Manuel Vogelius – was steckt hinter diesem Namen, der schon durch seinen Wohlklang die Aufmerksamkeit unserer an herkömmliche westliche und lateinische Namen gewöhnten Ohren weckt? Vogelius, das hat den geheimnisvollen Ruch des Nahen Ostens. Aber man darf Herrn Vogelius nicht für die eigentümliche Phonetik seines Nachnamens verantwortlich machen. Im Gegenteil, man muss ihm nachgerade dankbar dafür sein, dass er nicht etwa López heißt. Sobald einige Zeit verstrichen sein wird und die Chronisten wie auch der Volksmund sich seiner entsinnen werden, um wie viel einfacher wird es dann sein, sich zu erinnern, und auch viel romantischer: »Die Vogelius-Affäre«, wird man sagen, und nicht »Der Fall López«.

Alles beginnt damit, dass Vogelius' Geschäftspartner Damián Bendahan elf Figaris erwirbt. Nach der Auflösung ihres gemeinsamen Unternehmens entdeckt Bendahan, dass seine elf Figaris Fälschungen sind. Vogelius schiebt die Sache einem gewissen Herrn Ramos in die Schuhe, wir sind jedoch der Ansicht, dass dieser seltsame Handlungsreisende in Sachen Zigarren nur in Vogelius' Phantasie existiert, schließlich scheint sich außer ihm niemand genauer an ihn erinnern oder etwas über seinen Aufenthaltsort sagen zu können. Im selben Jahr organisiert Vogelius mithilfe von Herrn Fernández die Pariser Figari-Ausstellung. 28 Originale machen sich von Buenos Aires aus auf den Weg dorthin, zurück kommen 28 Fälschungen. Vogelius weist jegliche Beteiligung an diesen Machenschaften von sich. Also müssen die Bilder nach der Rückkehr aus Paris in den Räumen der Galerie Witcomb kopiert worden sein, auf Betreiben von Herrn Fernández, der dafür die Dienste eines Fälschers in Anspruch genommen haben müsste.

Die bald hundert Jahre alte Galerie gilt als eine der seriösesten, bedeutendsten und am stärksten der Tradition verhafteten unseres Landes. Es fällt ein wenig schwer, sich Herrn Fernández, ihren Miteigentümer und Geschäftsführer, im Hinterzimmer der Galerie bei der Arbeit an der Seite eines verschlagenen Fälschers vorzustellen. Juan Fernández hat fündundzwanzig Jahre für die Galerie gearbeitet, Klagen über ihn gab es nie.

Es stimmt zwar, dass Vogelius manchen Eigentümern bei der Rückgabe ihrer Bilder ein Kaufangebot gemacht hat, weder wir noch diese wissen jedoch, was geschehen wäre, wären sie darauf eingegangen. Wir gehen davon aus, dass diese Offerte vielmehr dem Zweck diente, die Besitzer abzulenken und ihr mögliches Misstrauen von vornherein zu entkräften. Gerade weil Vogelius wusste, dass die Bilder, die er übergab, Fälschungen waren, bot er Geld dafür. Das einzige Ziel, das er dabei verfolgte, war, ein ihn entlastendes Indiz für den Fall der Fälle vorzubereiten.

Vogelius lenkte die Aufmerksamkeit von sich auf andere Personen wie den gewissen Herrn Ramos, über dessen Verbleib niemand etwas sagen kann, oder Juan Fernández, von dessen Schicksal wir indes wissen: Er ist tot. Vogelius beweist damit nicht seine Unschuld, versucht auf diese Weise aber, in den Genuss des *in dubio pro reo* zu kommen. Selbst wenn wir annehmen, dass der Angeklagte mit dem Austausch der Bilder nichts zu tun hatte: Sollte ihm, dem herausragenden Kenner Figaris, bei der persönlichen Übergabe der Werke wirklich in keinem einzigen Fall etwas aufgefallen sein? »Diese Gemälde sind plumpe Nachahmungen«, lautete der Befund der Sachverständigen.

Kurz nach Ende der Pariser Ausstellung überließ Vogelius dem Banco Municipal eine große Anzahl von Figaris zur Beleihung. Sollte ein Figari-Sammler tatsächlich so viele Gemälde ungeschützt – ohne Rahmen und Verglasung – aufbewahren? Soll man glauben, dass er, wie er in seiner Aussage behauptet, selbst wenn das eine oder andere dieser Gemälde gerahmt gewesen wäre, den Rahmen zum besseren Transport entfernt hätte? Als Gegenbeispiel anführen lässt sich Vogelius' Umgang mit drei äußerst wertvollen, aber ungerahmten Gemälden – von keinem Geringeren als Goya –, die in seinen Besitz gelangt waren; in diesem Fall verlor er keine Zeit, um Kisten zur Aufbewahrung der Bilder anfertigen zu lassen (siehe hierzu die Aussage des Schreiners, Aktennummer 6247). Auffällig ist und bleibt, dass der Eigentümer einer Sammlung von über hundert Figaris – zu der außerdem ein echter Chagall gehört – auf einmal eine derart große Anzahl von Bildern beleihen lassen muss. Die Angestellten des Banco Municipal verweisen übereinstimmend auf den äußerst ungewöhnlichen Charakter dieses Vorgangs. Es ist mehr als naheliegend, dass die Bilder schlicht deshalb ohne Rahmen und Verglasung angeliefert wurden, weil sich in den Rahmen inzwischen die Fälschungen befanden, die man den Besitzern der Bilder nach ihrer Rückkehr aus Paris übergeben hatte.

Im darauffolgenden Jahr 1961 veranstaltete das Museo Nacional de Bellas Artes in Buenos Aires aus Anlass des 100. Geburtstags des Malers eine Figari-Retrospektive. Dem Sammler Juan Pedro Kramer fiel auf, dass mehrere der zuvor in Paris gezeigten Gemälde hier in Form von Kopien ausgestellt wurden. Bloßer Zufall? Waren die Eigentümer der Originale darauf hingewiesen worden, dass man ihre Bilder ausgetauscht hatte? Oder war das gar Teil des Plans derjenigen, die die in Paris gezeigten Bilder ausgetauscht hatten? Es wirkt nicht weit hergeholt, dass mit der Retrospektive zum 100. Geburtstag abgeschlossen werden sollte, was mit der Pariser Schau begonnen hatte.

Vogelius war der Besitzer einer der größten Figari-Sammlungen Lateinamerikas, darüber hinaus verfügte er über ein beträchtliches Vermögen, wer hätte ihn schon verdächtigen sollen? Dass man als Richter gezwungen ist, seine Überlegungen und Schlussfolgerungen schriftlich zu formulieren, ist manchmal, wie im vorliegenden Fall, wirklich bedauerlich: Eine unvergleichliche Begabung, ja, wahres Genie wäre vonnöten, um all das zu Papier zu bringen, was im Verlauf einer Verhandlung wahrzunehmen ist. Auch Tonbandaufnahmen würden hier nicht weiterhelfen – die unterschiedlichsten Gesten, ein plötzliches Lächeln und viele andere kaum merkliche Einzelheiten würden davon nicht erfasst.

Wir sind der Ansicht, dass Federico Manuel Vogelius für die Lermon, Madariaga Anchorena und Bendahan zugefügten Schäden verantwortlich ist. Seine Vorgehensweise, die Art, wie er dafür gesorgt hat, dass sein Name niemals in direktem Zusammenhang mit den hier verhandelten Vorkommnissen auftauchte, ja, selbst die scheinbar mangelnde Sorgfalt, die er bei der Ausstellung der entsprechenden Quittungen wie auch bei der Rückgabe der Gemälde bewiesen hat, legen den Gedanken nahe, dass er mit Vorsatz handelte.

Es ergeht folgendes Urteil: 1. Für den Beklagten wird wegen wiederholten Betrugs Untersuchungshaft angeordnet (Art. 55 und 172 des Código Penal). Zugleich wird die Beschlagnahme von Vermögenswerten in Höhe von fünfzig Millionen Pesos verfügt. 2. Sämtliche Wohn- und Geschäftsräume des Beklagten sind zu durchsuchen. 3. Die Bundespolizei wird angewiesen, den Beklagten Federico Manuel Vogelius unverzüglich zu verhaften.

Verhaftung

20. November 1968
Federico Manuel Vogelius wird verhaftet und ins Gefängnis überstellt (Instituto Nacional de Detención, Unidad 2).

Freilassung

25. November 1968
Die Untersuchungshaft wird aufgehoben, Federico Manuel Vogelius verlässt das Gefängnis.

Dr. H. Papurello, Anwalt des Angeklagten Vogelius, 1969

Der Vorsitzende Richter äußert über meinen Mandanten: »Im Lauf des Verfahrens war es möglich wie nur selten, sich einen Eindruck von der Persönlichkeit des Angeklagten zu verschaffen.« Während der zahlreichen Verhandlungstage war eben dieser Richter jedoch kein einziges Mal persönlich anwesend. Ich bezweifle ernsthaft, dass er den Angeklagten jemals zu Gesicht bekommen hat, wenigstens nicht im Gerichtssaal.

Offensichtlich ist der Richter daher nicht zu Äußerungen berechtigt, wie er sie in Bezug auf die »Phonetik« des Nachnamens meines Mandanten, den angeblichen »Wohlklang« des Ausdrucks »Vogelius-Affäre« oder die Existenz einer »vogelianischen Welt« getätigt hat. Die Gerichtsbarkeit ist eine um einiges ernsthaftere Angelegenheit. Mit den zitierten Formulierungen beleidigt der Vorsitzende Richter den Angeklagten ohne Not und in eklatanter Vernachlässigung der Tatsache, dass das ihm übertragene Amt ihn zwar dazu ermächtigt, über andere zu urteilen, keineswegs jedoch, sie herabzusetzen. Barberis stellt in seinem Kommentar zur *Strafprozessordnung* diesbezüglich klar: »Ist im Laufe der Verhandlungen eine eindeutig feindselige, mit der angemessenen Ausübung rechtsprechender Tätigkeit unvereinbare Haltung festzustellen, ist dem Richter das Verfahren zu entziehen.«

Auch auf die Ausführungen des Vorsitzenden Richters bezüglich der Schwierigkeiten der Zeugen, Angaben zur Identität »eines gewissen Herrn Ramos« zu machen, möchte ich an dieser Stelle eingehen. Diese Tatsache ist keineswegs erstaunlich, wenn man bedenkt, dass zwischen den infrage stehenden Ereignissen und dem Zeitpunkt der Verhandlung acht Jahre liegen. Erstaunlich wäre es im Gegenteil, wenn die Zeugen genauere Angaben dazu machen könnten. Zur Verdeutlichung sei hier an einen Vorfall erinnert, der sich anlegentlich einer Befragung an eben diesem Gericht zugetragen hat: Als der Richter seine Verärgerung über das in seinen Augen unzureichende Erinnerungsvermögen eines Zeugen äußerte, forderte der Verteidiger ihn auf, ihm ins Nachbarzimmer zu folgen, wo er dem Richter die Frage stellte, ob der anwesende Gerichtsschreiber einen Schnurrbart habe oder nicht. Was der Richter nicht beantworten konnte, obgleich er den Betreffenden fast täglich vor Augen hatte.

Mit fehlgehender Ironie äußert der Richter sich sowohl über die Nichtauffindbarkeit von Herrn Ramos wie auch den Tod von Herrn Fernández, als stünde mein Mandant in der Pflicht, zum Nachweis seiner Aussagen flüchtige Straftäter einzufangen respektive Tote zum Leben zu erwecken. Hätte man sich mit der Anzeige nicht acht Jahre Zeit gelassen, wäre es dagegen durchaus möglich, dass Herr Ramos auffindbar gewesen und Herr Fernández noch am Leben wäre.

Herr Vogelius ist weder Kunsthändler noch Sachverständiger, er ist ein großer Kunstliebhaber. Das ist etwas anderes als ein professioneller Kunstkenner, der mit seinem Wissen über Kunstwerke und Künstler seinen Lebensunterhalt verdient. Doch selbst die Fachleute sahen sich erst nach umständlichen Untersuchungen in der Lage, Aussagen über die infrage stehenden Bilder zu treffen, wobei auch ihnen offenbar nicht alle »geeigneten Hilfsmittel« zur Verfügung standen. Die in Paris gezeigten Werke wurden nach der Rückkehr zunächst in der Galerie Witcomb verwahrt. Die Eigentümer erhielten sie zurück, dabei scheint nichts ihre Aufmerksamkeit erregt zu haben. Im darauffolgenden Jahr wurden manche dieser Werke im Museo de Bellas Artes ausgestellt, und auch dort fiel offenbar – abgesehen von einer Beschwerde – niemandem etwas Besonderes auf. Erst viele Jahre später wurde dann plötzlich Anzeige erstattet.

In den vorliegenden Akten gibt es nichts, was mit einer gewissen Sicherheit die Behauptung rechtfertigen könnte, dass 1. die Bilder aus dem Besitz von Lermon, Madariaga Anchorena und Bendahan gefälscht wurden: Die zur Untersuchung herangezogenen Mittel sind dafür in keiner Weise ausreichend. 2. Und selbst gesetzt den Fall, es ließe sich nachweisen, dass es sich um Fälschungen handelt, gäbe es dennoch kein ernsthaftes Indiz, das für eine Beteiligung von Herrn Vogelius an der Fälschung spricht. 3. Die zusammengetragenen Beweismittel erlauben es nicht, *prima facie* davon auszugehen, dass hier ein Verbrechen vorliegt. Ich beantrage die Aufhebung der Untersuchungshaft.

Mitteilung

Der Vorsitzende Richter Dionisio Pellerano wurde von dem Verfahren abgezogen.

Beschluss, 1973

Das Verfahren, No. 7569, gegen Herrn Federico Manuel Vogelius wegen wiederholten Betrugs wird endgültig eingestellt. Alle ihm zur Last gelegten Straftaten sind verjährt. Miguel F. del Castillo, Ermittlungsrichter.

Dies ist einzutragen, bekanntzugeben und zu den Akten zu legen.

Die Tugendhaftigkeit des Krokodils

Nirgendwo in diesen Unterlagen ein Hinweis auf die Negra, nichts zu Mariette Lydis, aber obwohl ich offensichtlich den falschen Weg gewählt hatte, erfuhr ich doch einiges: Anfang der siebziger Jahre gründete Vogelius einen Kunst- und Lyrikverlag mit dem Namen Dead Weight. Später verkaufte er seinen Chagall, um eine Zeitschrift für Politik und Kultur zu finanzieren, wurde von einer Einsatzgruppe der Militärs verhaftet, konnte nachts entkommen – sein Fluchtweg führte ihn quer durch einen Schweinemastbetrieb –, lebte eine Zeitlang in London und zog sich schließlich, als er krank wurde, an die argentinische Küste zurück, in einen windumtosten Badeort in der Nähe von Mar del Plata. In einem seiner letzten Interviews erklärte er einer Journalistin, er sei inzwischen ein pflanzenfressender Löwe, der seine Tage mit Blitzschach und seine Nächte damit verbringe, am Strand Feuerwerkskörper zu zünden. Der Artikel erschien in einer politischen Wochenzeitschrift. Er beginnt so, inklusive auffälliger Verwendung der Ich-Form seitens der Journalistin: »Ich bin jedes Mal wieder erstaunt, wie sehr die Leute sich bemühen, ihrer eigenen Legende zu ähneln.«

Sechs Tage sitze ich jetzt schon in diesem Hotel und schreibe an einem Bericht, um den mich niemand gebeten hat. Tja. Was sich am helllichten Tag, auf offener Straße, vor aller Augen abspielt, hat mich noch nie interessiert. Nicht im Geringsten. Ich mag die engen Gassen, die versteckten Winkel, die dunklen Nischen.

Ich habe einen Schlüssel,
also öffne ich die Tür und gehe hinein.
Es ist dunkel, und ich gehe hinein.
Es ist noch dunkler, und ich gehe hinein.

MARK STRAND

Ich bin schon ein paar Leuten wie mir begegnet, aber ich weiß, dass es da draußen jede Menge von ihnen gibt. Als letzte Nacht durchs offene Fenster das Genäsel der Touristen hereindrang, die sich in der Nähe des Friedhofs Recoleta herumtrieben, nur wenige Meter entfernt von seinen Mausoleen, Racheengeln, Freimaurerobelisken und Dämonen, sagte ich mir, dass ich mein wohlbehütetes, intra-uterines, pelzmantelgeborgenes Dasein hier drinnen für immer und ewig fortsetzen könnte – aber nein: Heute Morgen hat der Concièrge mich wissen lassen, dass die Vereinbarung mit der Zeitung am Sonntag ausläuft und die Kosten für die Minibar außerdem auf meine Rechnung gehen. Ich muss rechtzeitig dem Ninja-Taxifahrer Bescheid geben, damit er mich abholen kommt, ich habe ihn zu meinem persönlichen Chauffeur erwählt. Bis dahin darf meine Konzentration nicht nachlassen. Ich muss unbedingt noch bis zum Herz dieser Geschichte vordringen, wo auch immer es sich befinden mag. Vielleicht hilft es, mir vor Augen zu halten, dass das Herz nicht herzförmig ist, sondern die Gestalt einer auf dem Kopf stehenden Pyramide hat.

Die Negra hat Bilder gefälscht, nehmen wir einmal an, dass es so war – aber ist Unaufrichtigkeit etwas so Entsetzliches? »Ich denke nicht«, hat Oscar Wilde gesagt, »sie ist nur ein Mittel, unsere Persönlichkeit zu vervielfältigen.« Vielleicht kommt unsere Traurigkeit daher, dass wir als Gefangene unserer selbst leben müssen. Vielleicht gelingt es bloß dem

Fälscher, dieses Hemmnis zu überwinden. Wer hat sich nicht schon einmal gesagt: Ach, wäre ich doch dieser oder jener! Außerdem wird die Täuschung, fängt man früh genug damit an, zu einem Teil der Persönlichkeit.

1969 drehte Ricardo Becher *Tiro de gracia*, heute ein Kultfilm über die sechziger Jahre, nach einer Vorlage von Sergio Mulet, einem Schauspieler und Beat-Poeten, der selbst eine der Hauptrollen übernahm und als der hübscheste Junge seiner Generation galt. Es geht um eine Gruppe junger Männer, die sich regelmäßig in der Bar Moderno treffen, unangepasste Intellektuelle, die zur Jeunesse dorée gehören und Sprüche klopfen wie: »Man muss irgendwas richtig Großes machen und dann abhauen.« Irgendwann gesellt sich ihnen eine Frau hinzu, die sie »die Negra« nennen. Ihre Rolle spielte die extrem verführerische María Vargas, eine Schauspielerin mit sehr dunklem Teint. Und ich könnte darauf schwören, dass diese Figur von »meiner« Negra inspiriert ist. Eine ganze Weile suchte ich nach Mulets Roman, ich wollte herausfinden, ob sich darin irgendwelche Spuren entdecken ließen, aber das Buch ist schwer aufzutreiben. Ich fragte in allen möglichen Buchhandlungen in der Avenida Corrientes nach. »Ist mir noch nie untergekommen«, beschied mich mein Buchhändlerfreund Luigi. »Ich hab mal Ricardo Becher danach gefragt – ein netter Typ, aber auch schwierig, das ewige Jungseinwollen hat ihn ganz schön ruiniert. Er sagte, den Roman gab's, ja, aber das letzte Exemplar ist irgendwann in seinen Händen zerfallen.«

Ein gut ausgebildeter Akademiker hätte Himmel und Erde in Bewegung gesetzt, um trotz allem an das Buch zu gelangen, aber zu diesem Zeitpunkt betrachtete ich mich längst als »leidenschaftslose Biografin«: Wurde etwas zu kompliziert, ließ ich davon ab. Mir fehlte die für Biografen als unentbehrlich geltende Geduld, die Angewohnheit, Dokumente miteinander abzugleichen, sich widersprechende Aussagen abzuwägen. Letztlich suchte ich nach den unverzichtbarsten Sachen, das, was ich unbedingt brauchte, mehr nicht. Für meine Faulheit hatte und habe ich aber auch eine Ausrede: Biografen müssen nicht sämtliche Lücken in einem Lebenslauf zwanghaft schließen wollen. Was wie schwarze Löcher aussieht, sind oft genug Cenotes, unterirdische Becken, auf deren Grund geheimnisvoll-türkisfarbenes Wasser steht, die *terra infirma*, auf der die Legenden gedeihen ... Für die Negra galt das allemal – gesicherte Fakten waren spärlich gesät, Zusammenfabuliertes indes gab es im Überfluss.

»Die Tatsachen, welch müßiger Aberglaube«, wie Hâjî Abdû El-Yezdî in seinem mystischen Sufi-Gedicht schreibt. So hielt es auch ich, während ich mit meiner Wünschelrute durch die Gegend lief, ohne auf die Schuttbrocken zu achten, die durch ständige Wiederholung zu Gewissheiten werden. Als wäre die Wahrheit etwas ganz Besonderes und Großartiges und nicht einfach nur eine gut erzählte Geschichte. Am Ende des Tages stand jedoch auch ich, die Rutengängerin, ohne befriedigendes Ergebnis da. Was ich hatte, war wenig bis nichts. Ein Bild: eine schöne, rätselhafte, talentierte Frau, vermutlich die beste Fälscherin, die es hierzulande je gab – und die eines Tages spurlos verschwindet. Buchstäblich, denn viel mehr Greifbares war da nicht. Das einzige gefälschte Bild, das ich mit eigenen Augen gesehen hatte – im Hotel Melancólico –, besaß ein Echtheitszertifikat, folglich konnte es sich ebenso gut um ein Original handeln. Darüber hinaus konnte ich lediglich auf eine Handvoll unberechenbarer Leute um die achtzig zählen, die hartnäckig immer wieder dieselben Anekdoten erzählten und mich inzwischen ständig unter irgendeinem Vorwand anriefen, um über die Vergangenheit zu sprechen, also: über sich selbst. Während ich ihnen dabei zuhörte, ihnen zu tiefer Nachtstunde mein Ohr lieh, wurde mir allmählich klar, dass sich keine Biografie vollständig erzählen lässt, das liegt in der Natur der Sache. Für gewöhnlich erinnern die Menschen sich nicht an allzu viel, manchmal können sie schon mittags nicht mehr sagen, was sie morgens gefrühstückt haben. Vielleicht ist die Wirklichkeit üblicherweise einfach zu erbärmlich und schäbig, um bleibende Spuren zu hinterlassen.

Eines Tages erschien er bei mir zu Hause, klein und mit verschlagenem Blick. Er war hübsch, aber von der Art Schönheit, bei der man nicht recht weiß, wie lange sie vorhalten wird. Martín war dreißig und Spezialist für argentinische Underground-Literatur der sechziger Jahre. Wir taxierten uns eine Weile, Begegnungen dieser Art beginnen stets mit einem gegenseitigen Abtasten. Ich konnte dabei offensichtlich bloß verlieren, schließlich hatte er sie persönlich kennengelernt. Meiner Einschätzung nach war er der Letzte, der sie lebend gesehen hatte.

»Vor ungefähr fünf Jahren war ich mal bei ihr«, erzählte er. »Um zu überleben, züchtete sie Kakteen, auf diese Weise hatte sie Kontakt zu anderen Menschen. Ihre Wohnung war die reinste Müllhalde, alles voll mit Flaschen, Pappkartons, Eisenteilen, ein irres Durcheinander, da war auch nichts mehr aufzuräumen. Es gab eine Küche, ein Wohnzimmer, ihr Schlafzimmer und noch ein Zimmer, das ich aber nicht betreten durfte. Angeblich hatte vor Kurzem eine Überschwemmung alles darin ruiniert, was mich aufhorchen ließ, schließlich war der Rest der Wohnung ohnehin schon eine einzige Ruine. Und du weißt ja, wie das ist, es braucht bloß jemand sagen: Diese Tür darfst du auf keinen Fall öffnen, und sofort willst du nichts anderes als diese Tür öffnen. Als es irgendwann an der Wohnungstür klingelte, nutzte ich die Gelegenheit, um ein bisschen herumzuschnüffeln. Kaum hatte ich die Tür des Zimmers geöffnet, schlug mir modriger Geruch nach Vergammeltem entgegen, dann erblickte ich ein Bett mit einer völlig verdreckten Matratze und einen Stuhl, auf dem eine Tupperdose mit sowas wie Hackfleisch stand. Da hörte ich aber ihre Schritte im Flur und setzte mich wieder auf meinen Sessel im Wohnzimmer. Ich könnte schwören, dass ich, kurz bevor ich die Tür schloss, unter dem Bett einen schuppigen Schwanz hervorlugen sah, das kann aber auch Einbildung gewesen sein, schließlich kannte ich die alte Geschichte. Ich hab's mit keinem Wort erwähnt, doch sie wusste auch so Bescheid. Sie war keine Hexe, nur dass das klar ist, im Gegenteil, sie hasste alles, was mit Zauberei und Aberglauben zu tun hat. Sie sagte immer: Wer an solche Dinge glaube, glaube an die Macht, und die Macht sei die Feindin der Kunst. Andererseits machte es ihr Spaß, Leute zu erschrecken. Als ich sie eines Tages fragte, ob sie schon mal jemanden umgebracht habe, beförderte sie mich mit einem Fußtritt zur Tür hinaus, sozusagen, in Wirklichkeit war sie ja schon ziemlich alt und hatte außerdem große Probleme mit einem Knie. Trotzdem besaß sie eine für ihr Alter erstaunliche Energie. »Wenn ich vierzig Jahre jünger wäre, würde ich dir jetzt die Eier abschneiden«, hat sie zu mir gesagt. Als ich sie kennenlernte, malte sie immer noch Bilder, aber das mit dem Fälschen war vorbei, behauptete sie zumindest. Einmal schenkte sie mir eine Zeichnung, ein Kohleporträt von Kafka, später bereute sie es aber und wollte das Bild zurückhaben. Als ich nein sagte, drohte sie, sie werde mit Steinen in der Tasche zu mir kommen und alles kurz und klein schlagen. Wozu es natürlich nicht kam, sie ging ja nie aus dem Haus.

Über ihre Fälschungen sprach sie oft. Sie besaß eine Menge Zeitungsartikel, bei denen sie die Stellen, wo es um die von ihr angefertigten Bilder ging, rot eingekringelt hatte. Am schwierigsten zu fälschen sei die Signatur, behauptete sie. Eines Tages zog sie um, und ich verlor sie aus den Augen. Wo sie sich jetzt rumtreibt, weiß ich nicht, aber du solltest dich ranhalten, die Winter waren ihre Achillesferse. Komisch, dass niemand ein Foto von ihr hat. Hast du schon mal Rómulo gefragt? Der bewahrt das Archiv von Iarios bei sich auf.«

Das kam mir vor wie der alte Trick der Bronzekiebitze – auch Martín trug sich schließlich mit dem Gedanken, etwas über die Negra zu schreiben, und jetzt stimmte er ein lautes Gekreische über einer Stelle an, die weit vom Nest entfernt war, um mich abzulenken. Es konnte sich aber auch um einen ehrlichen, gut gemeinten Rat handeln, ausgeschlossen war das nicht, keineswegs.

Die Negra wäre jetzt also um die achtzig und malte immer noch, fertigte aber keine Fälschungen mehr an. Sie lebte allein und von allem zurückgezogen, und Fälscher sind auf Kontakte angewiesen. Wieder stiegen die alten Fragen in mir auf: Und wenn ihr Talent nicht an den über sie verbreiteten Mythos herangereicht hatte? Vielleicht war sie gar keine so gute Malerin, wie behauptet wurde, und hatte mit dem Fälschen angefangen, weil sie mit ihren eigenen Arbeiten nicht zufrieden war. Waren ihre Ansprüche zu hoch? Oder lag ihr im Gegenteil zu wenig an der Malerei? Hatte sie mit der traditionellen Vorstellung von Kunst nichts am Hut? Oder war die ganze Negra ein einziger Bluff? Eine bloße Inszenierung? Vielleicht hatte sie ein, zwei Bilder gefälscht, aber von heute sah es so aus, als wären es tausende gewesen. Vielleicht war die Negra ein vollkommen normaler Mensch. Wie es in einem Gedicht von Carol Ann Duffy heißt: »Viel leichter als dein Werk / lässt sich deine Seltsamkeit verkaufen.«

Dem weißhaarigen Mann, der mir die Tür öffnete, war die Enttäuschung anzumerken, dass er keine feurige Stute vor sich sah, sondern eine dürre Bohnenstange im schwarzen Pelzmantel, aber als Kavalier alter Schule ließ er sich von der Enttäuschung nicht die Laune verderben und brachte den Rest der Begegnung elegant hinter sich. Er war Maler, einer der letzten Vertreter jener Zeit, in der die Malerei noch eine Angelegenheit der großen Gesten war.

»Irgendwo muss ich sie haben«, sagte Rómulo, als wir später im Wohnzimmer seiner sehr modernen Wohnung saßen. Er erhob sich, trat an einen Schrank und zog eine Schublade auf. »Wundersamerweise sind sie noch da, wo sie sein sollten.«

Er breitete an die fünfzig Schwarz-Weiß-Fotos auf einem kleinen, runden und sehr niedrigen Tisch aus. Der Fotograf, der sie gemacht hatte, hieß Iarios. Den Namen kannte ich, er gehörte zu den Bewohnern des Hotel Melancólico. Iaroslav Kosak, der Ukrainer mit dem Fuchsgesicht, der sich immer an sein Köfferchen klammerte. Rómulo hatte ihn mit fünfzehn kennengelernt, im Club de Gimnasia y Esgrima, wo beide zum Judo gingen. Ende der sechziger Jahre begegnete er ihm erneut, in der Bar Moderno, aber da saß Iarios an einem anderen Tisch, mit seiner Freundin, einer Tänzerin und Philosophin. Eines Tages teilte diese Iarios mit, dass sie ihn verlassen werde. Was daraufhin passierte, kann man mit leichten Variationen in einem Buch von Juan José Sebreli und in einer Erzählung von Bernardo Kordon nachlesen. Als sie an diesem Abend zu Iarios kam, hatte der bereits die Badewanne volllaufen lassen. Kaum stand sie vor ihm, packte er sie, trug sie ins Bad, setzte sie in die Wanne und drückte ihr den Kopf unter Wasser. Beim Eintreffen der Polizei war die Wanne leer, der Fußboden trocken, und Iarios saß im Wohnzimmer, hörte sich ein Klavierkonzert von Chopin an und streichelte dabei seinen Hund. Rómulo wohnte schon im Hafenviertel La Boca, als der Ukrainer irgendwann auch dort auftauchte. Vom Vorwurf des versuchten Mordes war er freigesprochen worden, nach dem Prozess aber auf der Straße gelandet. Die Nächte verbrachte er in einem städtischen Obdachlosenheim. Rómulo traf ihn eines Abends in einer Hafenkneipe, wo der Ukrainer lautstarke Verwünschungen gegen André Kertész ausstieß, der angeblich all seine fotografischen Tricks bei ihm abgekupfert hatte. Die einzigen Lebewesen, die er damals noch schätzte, waren kleine Hündchen, Hündchen, die immer ihren Herrn umtänzeln wie Zirkuspferde. Einmal klopfte es früh am Morgen bei Rómulo an der Tür. »Sie haben den Ukrainer ins Irrenhaus gebracht«, verkündete einer seiner Kumpane aus der Hafenkneipe. »Sie haben ihn fortgeschleppt, grade so, wie er dasaß, sogar die Kamera haben sie eingesteckt.« Nur ein Köfferchen voller Fotos sei unter dem Bett zurückgeblieben. Ob er das bei sich aufbewahren könne? Später erzählte jemand, er habe Iarios im Hospital Alvear gesehen, wie er den Mitpatienten Vorträge gehalten habe. Er habe behauptet, er habe als Kameramann für John Ford gearbeitet.

»Aber genug davon, hier sind jedenfalls die Fotos.«

Ich sah sie mir eine Weile an, sie waren frei von jeder Manieriertheit, verrieten aber auch keine dokumentarische Absicht. Viele waren in den beliebten Bars der sechziger Jahre aufgenommen, manche in der Avenida Corrientes, andere im Badeort La Salada. Für meine Zwecke schienen sie wenig hilfreich, und mein empfindliches Herz zog sich enttäuscht zusammen. Rómulo strich sich übers Haar – das, wie gesagt, weiß war, ich hätte allerdings hinzufügen sollen, dass es außerdem ganz flauschig war –, und ich war schon kurz davor, mich zu bedanken und zu gehen, da hob er die rechte Hand und ließ sie über den Fotos kreisen, bis sie irgendwann hinabstieß und ein Bild aus dem Durcheinander fischte. Ich sah mit angehaltenem Atem zu, als wäre ich Zeugin, wie die Greifzange eines Jahrmarktsautomaten das schönste Kuscheltier zu fassen kriegt.

»Da hast du deine Negra«, sagte er.

Ich muss zugeben, dass ich fast so weit war, zu glauben, dass diese Frau nie existiert hatte, dass sie bloß das Phantasieprodukt einer Gruppe von Menschen war, ein kollektives Delirium, ein von einer ganzen Generation geträumter Traum, der sich in Gestalt zahlloser Erzählungen fortgeschrieben hatte, wie ein Geheimnis per stiller Post an die nachfolgende Generation weitergegeben worden war und sich dabei ständig verändert hatte. Doch die Wirklichkeit ist noch viel seltsamer und ungreifbarer als jede Fiktion, und wenn ich jetzt darüber nachdenke, sage ich mir, dass es wahrscheinlich keine Droge gibt, die in so vielen verschiedenen Individuen ein und dieselbe Fantasie hervorrufen kann. In der Hinsicht sind sich die entsprechenden Wissenschaften einig. Nur das Leben ist so halsstarrig wie der Spielsüchtige: Es würfelt unbeirrt wieder und wieder, so lange, bis irgendwann in unserer Mitte eine Ausnahmegestalt erscheint.

»Da hast du deine Negra«, sagte Rómulo noch einmal.

Es handelte sich um ein leicht verwackeltes, aus der Ferne aufgenommenes Foto, als hätte es ein Paparazzo geschossen. Ein Mann und eine Frau gehen eine Straße entlang, womöglich die Avenida Corrientes. Sie passieren gerade ein Werbeplakat der Zigarettenmarke Colorado, das qualmende L des Schriftzugs wirkt wie eine karikatureske Übertreibung ihrer Gestalten mit den sichtlich erhitzten Köpfen. Offenkundig diskutieren sie schon seit einer Weile, das Foto zeigt sie allerdings in einer Unterbrechung ihrer Auseinandersetzung. Schon bald jedoch werden sie weiterreden, wird das Gespräch sie ins nächste schwarze Loch führen. Am Bildrand ist ein Blumenstand zu sehen, aber dies ist nicht der Augenblick für Blumen. Er ist ein typischer Bewohner von Buenos Aires, er macht ein wenig auf Philip Marlowe, trägt Jackett und Krawatte, hat die Hände in den Taschen und wirkt bekümmert, verstört, runzelt die Stirn. Ihn kannte ich schon. Sie ist diejenige, die mich hier interessiert. Eine Walküre mit irgendwie nicht ganz passender Kleidung – sie steckt in einem engen Kostüm, hat kurzes schwarzes Haar, eine flache Nase, stramme Waden. Sie geht sehr aufrecht, mit vor der Brust gekreuzten Armen, ist um die dreißig. Ihr Anblick könnte enttäuschen, dem ist aber nicht so – sie hat die genau richtige *physique du rol*. Es ist die Negra.

»Alle wollten mit ihr zusammen sein«, sagte Rómulo und atmete tief aus. Ein Dichter hätte gesagt: »Und seufzte.«

Hatte die Negra die Welt verlassen oder war sie von der Welt verlassen worden? Ein safaribegeisterter Hotelgast hat mir die folgende Geschichte erzählt:

»In einem Fluss in Sierra Leone lebte vor vielen Jahren ein Krokodil mit unglaublich hell leuchtender Haut. Um sie vor der Sonne zu schützen, verbrachte es die Tage im schlammigen Bett des Flusses, aus dem es kaum je die Schnauze hervorstreckte. Eines Nachts jedoch beschloss das Krokodil, sein Versteck zu verlassen. Misstrauisch wie es von Natur aus war, kroch es zunächst bloß ein Stück das sandige Ufer hinauf und blieb dort reglos liegen, mit aufgesperrtem Maul, um die Hitze zu schmecken, und drei Vierteln seines Schwanzes im Wasser, bereit, bei der ersten verdächtigen Bewegung den Rückzug anzutreten. Als Erster fiel einer wachsamen Eule seine Gegenwart auf. Aufgeregt gab sie ihrer Nachbarin, die auf einem höher gelegenen Ast Wache hielt, ein Zeichen.

›Psst, psst‹, flüsterte sie. ›Da ist irgendwas Komisches.‹

›Was Komisches?‹, erwiderte die andere und riss die tellergroßen Augen auf.

›Siehst du's nicht? Ein Licht‹, erwiderte die erste Eule.

›Mach mir keine Angst.‹

Sie riefen die übrigen Eulen herbei, und es setzte ein Höllenlärm ein, von all den in den Baumwipfeln ringsum versammelten Tieren, die wild durcheinanderredeten: Was ist das? Ist das ein böses Licht? Sieh's dir doch an! Bist du verrückt? Na los, wie wär's mit dir? Zuletzt nahm eine alte Eule, die kaum etwas sagte, ihren Mut zusammen, schirmte die Augen mit den Flügeln ab, um sie vor der womöglich allzu grellen Helligkeit zu schützen, und näherte sich taumelnd dem geheimnisvollen Licht.

›Oh‹, seufzte die alte Eule verzückt. ›Das ist ja ein Krokodil, ein unglaublich hell leuchtendes Krokodil!‹

›Oh‹, hallte es im ganzen Wald wider.

Geschmeichelt durch das Lob und vor Stolz glühend kam das Krokodil von da an zu jeder Stunde aus dem Wasser. Und eine Zeitlang war in Sierra Leone von nichts anderem die Rede als von der Tugendhaftigkeit des Krokodils, denn die Schönheit ist so teuflisch verführerisch, dass man sie manchmal mit moralischen Qualitäten verwechselt. Während so die Tage vergingen, begann der unweigerliche Niedergang des Idylls zwischen den Tieren des Urwalds und dem Krokodil. Genauer gesagt: Die Haut des Krokodils verlor im Sonnenlicht allmählich ihren Schimmer, einen Monat später war sie bereits ganz rau, und danach trocknete sie von Tag zu Tag mehr aus, bis ihr Glanz zuletzt völlig erlosch. Enttäuscht nahmen die anderen Tiere ihre gewohnten Tätigkeiten wieder auf, während das Krokodil verbittert in sein schlammiges Flussbett zurückkehrte. Seither sehen bloß noch seine Augen aus dem Wasser hervor wie ein Periskop, verborgen und auskundschaftend zugleich.«

Welch ein schöner Zeitvertreib war meine Suche doch bisher gewesen! Der lächerliche Versuch, eine Biografie zu verfassen, der mir trotz oder wegen meiner mangelnden Entschlossenheit eine seltsame Zufriedenheit beschert hatte. Erst das Foto ließ die Alarmglocken schrillen. Auf einmal fühlte ich mich wie ein Liebender, der alles über seine Geliebte wissen will, obwohl ihm klar ist, dass seine Neugier den Keim der Enttäuschung in sich trägt. Wie Julien Sorel, der sich nach der ersten mit einer Frau verbrachten Nacht die Frage stellt: »Mein Gott! Glücklich sein, geliebt werden, mehr ist es nicht?«

Nein, mehr nicht. Was hatte ich denn erwartet? Dass ich in einem Monat, in zwei – oder auch zehn – Jahren eines Abends zu einem Haus in der Vorstadt von Buenos Aires gelangen, einen düsteren Hof mit einem Dutzend patrouillerender Katzen durchqueren und schließlich auf einen eisernen Klingelknopf drücken würde? Woraufhin ich Absatzgeklapper und das leise Klirren eines Schlüsselbundes hören würde – und dann würde sich endlich die Tür vor mir auftun.

»Ich habe dich schon erwartet«, würde eine Frau unbestimmbaren Alters zu mir sagen, hart und undurchdringlich wie Michelangelos delphische Sibylle. Der Rest würde sich wie von selbst ergeben, im Lauf unserer Unterhaltung würde ich in völliger Ruhe und Gelassenheit all die großen Fragen stellen, die ich in mir trage. Sie wissen schon: Ob es wirklich bewiesen ist, dass das Gute und das Böse jedes einzelne Elektron umtanzen, ob es besser ist, eine Flechte auf einem Felsen oder eine Nelke am Revers des Präsidenten zu sein, und ob das, was wir tun, wichtig ist, wir selbst aber nicht.

Aber nichts davon würde geschehen. Ich hatte mir die Szene nur so vorgestellt, weil ich sie mit einigen Abwandlungen in einem Text von Jill Johnston über die vergessene Malerin Agnes Martin gelesen hatte.

Man erwählt sich ein Lebewesen zum Totem und klammert sich mit aller Kraft daran. So läuft es bei Schriftstellern und ihren Biografierten, und bei Leuten und ihren Haustieren genauso. Als Kind ging ich regelmäßig in den Zoo, um den Mähnenwolf zu bestaunen, aber der ließ und ließ sich nicht blicken. Erst beim fünften oder sechsten Besuch tauchte er schließlich auf. In Windeseile lief er von links nach rechts vor mir vorbei und verschwand dann zwischen den Jersualemsdornsträuchern wie durch eine Tür in eine andere Dimension. Komisch, sagte ich mir, er sah überhaupt nicht wie ein Mähnenwolf aus. Wenn ich jetzt von der Negra spreche, weiß ich, dass die Gestalt, die sich auf der Tafel in meinem Hirn abzeichnet, ein verzerrtes Bild darstellt. Figuren mit klar umrissener Vergangenheit, geradliniger Psyche und kohärenten Handlungen gehören zu den großen Lügen der Literatur. Was wir haben, ist wenig bis nichts: nur das, was wir heute sind, dazu bestenfalls noch, was wir gestern getan haben, und mit viel Glück, was wir morgen tun werden. Das gilt es zu berücksichtigen, wenn wir an die Negra denken, und dann müssen wir sie loslassen, denn sie zu finden, würde bedeuten, etwas zu zerstören, das ich nicht genauer bestimmen kann, und trotzdem ahne ich, dass es wichtig ist. So kam es, dass ich mir eines Tages selbst versprach, dass ich aufhören würde, nach ihr zu suchen.

Check Out

Es war eine dieser E-Mails, die man wegen der vielen Kursivierungen, Fettungen und Ausrufezeichen normalerweise ungelesen gleich wieder löscht. Aber etwas weckte meine Aufmerksamkeit, vielleicht das Wort »Medium«. Die Presseabteilung des Museo Roca kündigte eine Séance mit einem Brasilianer an, der von sich behauptete, mit den Geistern der Impressionisten in Verbindung treten zu können. Ich sagte mir, dass ich nicht genug über das Unbekannte wisse, um mit Sicherheit zu erklären, dass es unmöglich sei, etwas darüber in Erfahrung zu bringen, und beschloss, mich darauf einzulassen. Wie schon der Pate sagte: »Du denkst, du bist raus, dann ziehen sie dich wieder rein.«

Rogelio Nori, ein Typ mit dunklem Teint, prallem Bizeps und eng anliegendem Pullover, sprach ein Gebrauchtwagenhändler-Spanisch und erklärte, seine ungewöhnlich stark ausgebildete Zirbeldrüse ermögliche es ihm, in direkten Kontakt zu den Geistern der großen Maler der letzten Jahrhundertwende zu treten. Er konnte aber nicht nur mit ihnen kommunizieren, er konnte sich auch von ihnen in Besitz nehmen lassen. »Mediumistische Malerei« heißt das in Allan Kardecs spiritistischem Lexikon.

Das modernistische Gebäude des Museo Roca liegt nur wenige Meter vom Friedhof Recoleta entfernt. Als ich ankam, war der Saal bereits gerammelt voll. Ich setzte mich auf den letzten freien, mit grünem Leder bezogenen Stuhl und schlang meine Finger über meinem Oberschenkel wie zwei Spinnen ineinander. Im Bühnenhintergrund beschützten rote Samtvorhänge ein Porträt in Ganzfigur von General Julio Argentino Roca, der zweimal Präsident Argentiniens gewesen war. Alles verströmte die Last – das bleischwere Gewicht – der Geschichte. Und doch machte das Ganze, warum auch immer, einen instabilen Eindruck.

»Als ich acht war, haben die Geister sich zum ersten Mal bemerkbar gemacht«, begann Nori. »Sie haben dieses mein Bett durchwühlt, Sachen auf den Boden geworfen, ich habe sie ganz genau gesehen, so wie ich Sie in diesem Augenblick sehe. Als ich der Nonne erzählte, hat sie gesagt, da zeigt sich der Teufel. Aber Schwester, habe ich gesagt, die Geister wollen, dass ich bete. Mein Junge, hat sie gesagt, der Teufel hat tausend Gesichter.

Eines Tages haben die Geister gesagt, ich soll ein weißes Papier nehmen. Ich habe mich hingesetzt und die Augen zugemacht, ich habe gespürt, dass ich nervös und aufgeregt war, dann habe ich das Bewusstsein verloren. Ich habe zehn Bilder gemalt, mit Signaturen, die ich nicht kannte. Renoir hat mich in allem angeleitet, er hat zu mir gesagt: Sie können nicht Malerei studieren, sehr viel besser ist, Sie lassen sich führen.

Warten die brillantesten Maler vielleicht auf den Leuchtturm von einem talentierten Medium, um dieses ihr Werk fortzusetzen, während sie durch den Ozean der Ewigkeit segeln?«

Mit diesen Worten beendete Nori seinen Vortrag und band sich eine Schürze um.

Zwei Helfer in weißen Overalls und mit leicht geröteten Wangen erschienen. Der eine trug eine Staffelei, der andere einen mit Leinwand bespannten Rahmen. Als alles vorbereitet war, schloss Nori die Augen, woraufhin seine Lippen anfingen, sich in einer unhörbaren Litanei oder Beschwörung zu bewegen. Besorgt erinnerte ich mich an Fotos, die ich gesehen hatte, auf denen Ektoplasma, eine mozzarellaartige Substanz, aus dem Mund des Mediums strömt. Doch als sich seine Lippen öffneten, zeichnete sich auf Noris Gesicht ein breites Lächeln ab. Gleich darauf packte ihn frenetische Begeisterung, aber ich weiß nicht, ob der Ausdruck so stimmig ist, denn eigentlich sah es aus, als bekäme er Krämpfe – fuhr es gerade in ihn? Doch dann veränderte seine Miene sich schlagartig, er hielt inne und sah sich um: Eine Frau aus dem Publikum hatte eine Bonbontüte geöffnet, und das Zellophangeknister hatte ihn aus dem Konzept gebracht. Er bat um Stille und machte eine Fingerbewegung, als wollte er sich den Hals aufschlitzen, woran ich erkannte, dass er ein eher derber Charakter war. Ich erschrak, war andererseits aber auch froh, wusste ich so doch, dass er, so weit er sich auch vor- oder vielmehr hinauswagte, seinen Kopf nicht hinter sich zurücklassen würde, ich nehme an, ihm war selbst daran gelegen, sein Außersichsein bei vollem Bewusstsein mitzuerleben. Die Frau verschob die Glukosezufuhr, und das Medium wandte sich wieder seiner Aufgabe zu. Ein Assistent drückte ihm einen Pinsel in die Hand, und er machte sich über die Leinwand her.

Als etwa fünf Minuten – herkömmlicher Zeitrechnung – vergangen waren, sank Nori zu Boden. Mit perfekt einstudierten Bewegungen ergriffen die Assistenten daraufhin den Rahmen – von dem bis jetzt nur die Rückseite zu sehen gewesen war –, drehten das Bild um und präsentierten es dem Publikum. Ein allgemeines tiefes Durchatmen war zu vernehmen, so tief, dass man glauben konnte, das Rasseln des Schleims auf dem Grund der Lungen zu hören. Unseren Augen bot sich ein Renoir dar. Ein Blumenstrauß von Renoir – über die Qualität hätte man streiten können, aber trotz allem ein Renoir.

Für zynische Bemerkungen blieb keine Zeit, denn Nori stand schon wieder und stürzte sich auf die nächste Leinwand. Als er fertig war, fiel das allgemeine Durchatmen deutlich schwächer aus. Diesmal war es ein Sisley. Ein Sisley, der einen äußerst schlechten Tag hatte. Den schlechtesten Tag seines Lebens. Einen Tag, an dem Sisley mit Gallenkolik und starker Linsentrübung aufgewacht war.

Zu diesem Zeitpunkt fragte ich mich bereits, wie man eigentlich ein falsches von einem echten Medium unterscheiden solle, wenn selbst ein echtes Medium von falschen Geistern reingelegt werden konnte. Ich kämpfte noch gegen meine Zweifel an, als sich die Frau vor mir, eine ältere Dame mit viel Lack im Haar, umdrehte, mich mit ihren stark getuschten Wimpern ansah und mir zuzwinkerte, als könnte sie Gedanken lesen.

Welch Erleichterung! Ich war nicht die Einzige! Als säße ich in Las Vegas und sähe mir die Show von Siegfried und Roy und ihren fliegenden Tigern an. Niemand wagte, sich die Frage zu stellen: »Ist das echt oder alles fake?« Alle, die wir uns hier drin befanden, wollten glauben. Denn im Angesicht dieses Mannes fand die Welt zur Ordnung, es gab ein Diesseits und ein Jenseits und dazwischen einen Kanal oder Tunnel oder Gang, ein Breitband, eine Himmelsleiter, wie auch immer wir es nennen wollten. Eine Passage, die zwei Welten miteinander verband, und wenn man den Arm ganz weit streckte, so weit, wie es irgend geht, konnte man mit der Spitze des Zeigefingers die Spitze eines Zeigefingers am Ende eines anderen, aus der Gegenrichtung entgegengestreckten Arms berühren.

Ich verließ das Museo Roca und wanderte eine ganze Weile an der Mauer des Friedhofs Recoleta entlang, es blies ein starker Wind, und ich ging dahin wie eine Nike von Samothrake *en miniature*, die sich Gott und der Welt entgegenstellt, der

Wind presste das Kleid an meinen Körper, der Rock flatterte in alle Richtungen. Aber ich lächelte, weil ich daran dachte, dass an dieser Séance wohl viele Leute wie ich teilgenommen hatten, einsame Reisende in ihrer Zeitkapsel, die sich danach sehnten, mit ihren toten Freunden in Kontakt zu treten.

Der Wind wehte und wehte. Bis er alles aus meinem Kopf fortgeweht hatte.

Jetzt klopft es an der Tür. Der Concièrge erinnert mich daran, dass ich spätestens um 11:00 Uhr auschecken muss. Meinetwegen, aber vorher muss ich sämtliche Taschen meines Herzens umdrehen, sie ausschütteln, bis auch die letzte Zehn-Centavos-Münze auf den Boden fällt.

Was trieb mich an bei dieser Suche? Wollte ich bloß meinen Zusammenbruch aufhalten? Oder war es Neugier? Entdeckerrausch? Keine dieser Antworten stellt mich zufrieden. Wenn ein geliebter Mensch stirbt, ist der erste Reflex ein ganz grundlegender und, nehme ich an, universeller: Wir wenden uns diesem Menschen im Geiste zu, gehen noch einmal alle gemeinsamen Gesprächsthemen durch, holen die alten Witze und Anspielungen wieder hervor, suchen die Orte auf, an denen wir gemeinsam waren. Wir tun das nicht aus Masochismus, sondern um den anderen am Leben zu erhalten, »to keep the ball rolling«, wie Conrad sagte, weil der Mensch, den man am meisten liebt, eines Tages verschwindet, und man dann merkt, dass das Gespräch mit ihm unvollständig geblieben ist. In solchen Momenten fordern wir von der Vergangenheit keine schönen Erinnerungen ein – Hauptsache, Erinnerungen, das ist mehr als genug. Ich glaube, im Grunde habe ich mir diese Recherche bloß ausgedacht, um mich weiter mit meiner alten Freundin Enriqueta unterhalten zu können. Wenn ich schon nicht mehr mit ihr in die Sauna gehen oder ihr den Fisch entgräten oder ihr das Schwarzlicht reichen konnte wie eine brennende Fackel, so konnte ich mich wenigstens mit Worten an sie klammern. Ich habe mir ein Gesprächsthema ausgedacht – ich erzählte ihr von der Negra.

Wieder klopft es an der Tür. In wenigen Minuten werde ich meine Chambre Impériale verlassen. Bevor ich ihn einpacke, lese ich noch einmal aufs Geratewohl die eine oder andere Seite meines Berichts – darin kreuzen sich, aus Schicksal oder Zufall, in einem bestimmten Augenblick der Geschichte die Wege verschiedener Persönlichkeiten. Wie die Umgebung, aus der sie hervorgehen, wirken sie unbeständig, wie Erscheinungen, aber ich mache mir nichts vor, es sind keine Gespenster, denn Gespenster haben kein Herz, sie dagegen sind ganz normale Sterbliche, die dieselbe erstickende Atmosphäre der Wirklichkeit und dieselbe verbrauchte Luft der Träume ertragen müssen wie ich. Die Negra ist die Einzige unter ihnen, die einem unsterblichen Wesen nahekommt, einem Engel oder Teufel aus Blakes Illustrationen zu *Paradise Lost*.

Merkwürdig: Ich stelle fest, dass man weder schreibt, um sich zu erinnern, noch, um zu vergessen, und auch nicht, um Trost zu finden oder den Schmerz zu überwinden. Man schreibt, um sich abzuhorchen, um zu begreifen, wie es in einem aussieht. So jedenfalls habe ich zumindest geschrieben – als hätte ich ein Endoskop durch mein Inneres wandern lassen. Ich weiß, dass ich Gefahr laufe, als Sykophantin in die Geschichte einzugehen. Ich sehe es kommen: Man wird mich des Hochverrats bezichtigen, man wird auf der Straße voller Verachtung mit dem Finger auf mich zeigen.

Zu meiner Verteidigung werde ich mich auf Marina Zwetajewa berufen: »Die Verleumdung ist das Ebenbild des Verleumders.« Und ich bin die Erste, die zugibt, dass sie im Schlamm gewühlt und sich die Hände schmutzig gemacht hat. Glauben Sie mir: Schlamm wirkt tonisierend und stärkend.

Ein letzter Blick unters Bett: Auf dem grünen Teppich liegt ein Kugelschreiber. Ich krieche, strecke den Arm aus, da ist er, ich habe ihn wieder. Jetzt knabbere ich am oberen Ende meines Kugelschreibers und komme mir vor wie eine Umweltschützerin am Rand des Amazonas-Urwalds. Ich betrachte die Papiertüte, in die ich meinen Bericht gesteckt habe, und sage mir zufrieden: Es gibt hier doch etwas, das es wert ist, aufbewahrt zu werden, etwas, das von zentraler Bedeutung für das Ökosystem Kunst ist. Wahrscheinlich war ich deshalb in den letzten Tagen so gelassen. Es stimmt ja, wir Menschen setzen uns nun mal aus einfachen und alten Elementen zusammen: Kohlenstoff, Wasserstoff, Sauerstoff und Stickstoff.

Ein paar Monate nach meiner Entlassung kündigte der junge Kunstkritiker bei der Zeitung, weil er Kurator werden wollte. Die Kritik hat nicht mehr viel Luft nach oben, wie man heute sagt, und hoch aufgeschossen wie er ist, strebte er nach Höherem. Die Ressortleiterin bat mich, zurückzukehren. »Keiner hat heute mehr Lust, über Kunst zu schreiben«, fügte sie hinzu. Ich weiß nicht, ob ihr klar war, dass sie die Sache damit nicht gerade attraktiver machte. Ich hätte mich in meinen Groll einigeln können, aber das wäre der Gipfel an Energieverschwendung gewesen. Lieber widmete ich mich wieder meinen spröden Texten über die Kunst, letztlich hatte der Zwang, mindestens einen davon pro Woche abzuliefern, mich seinerzeit im Gleichgewicht gehalten. Ich nahm also an. Die Zeit – selbst wenn es sie nicht gibt – wird weisen, ob es die richtige Entscheidung war.

So kam ich ins Hotel Étoile mit seinem so verführerischen erloschenen Glanz. In diesem Zimmer sammle ich mich, bevor ich den Rückweg antrete. Mein Versprechen habe ich gehalten, denn schon seit einer ganzen Weile habe ich aufgehört, nach ihr zu suchen, was aber nicht heißt, dass ich nicht an sie denke. Ab und an kommt sie mir wieder in den Sinn. Wie aus dem Nichts taucht sie dann schlagartig vor mir auf, die Negra. Und jedes Mal frage ich mich dann: Ob sie wohl tot ist?

Gleich darauf verscheuche ich den Gedanken wie eine lästige Fliege und sage mir: Nein. Dafür ist sie viel zu aufgeweckt.

Argentinische Literatur bei Wagenbach

María Gainza Lidschlag

María führt ein Leben mit Bildern, vertieft sich in das Leben vor und hinter und in der Kunst. Bekommt sie Panik oder schlechte Laune, flieht sie ins Museum. Manchmal folgt María einer Frau im roten Kleid, nur weil die Farbe sie an ein bestimmtes Gemälde Mark Rothkos erinnert. Faszinierende Kunst-Geschichte elegant erzählt von einer argentinischen Exzentrikerin.

Aus dem argentinischen Spanisch von Peter Kultzen
SVLTO. Rotes Leinen. Fadengeheftet. 168 Seiten

Buenos Aires Eine literarische Einladung

Unvergänglich wie der Tango, fußballverrückt, die höchste Psychoanalytiker-Dichte der Welt – und besonders gute Luft für Literatur: Autorinnen und Autoren aus Buenos Aires führen durch die faszinierende multikulturelle Metropole am Río de la Plata.

Herausgegeben von Timo Berger
SVLTO. Rotes Leinen. Fadengeheftet. 144 Seiten

Roberto Arlt Die sieben Irren Roman

Grell und grotesk wie ein Gemälde von George Grosz und wuchtig wie ein Kinnhaken: Roberto Arlts eindrucksvolles Porträt revolutionärer Gewalt und des politischen Wahns der zwanziger Jahre – in einer sorgfältig neu bearbeiteten Übersetzung.

Mit einem Nachwort von Ricardo Piglia.
Aus dem argentinischen Spanisch von Bruno Keller,
neu bearbeitet von Carsten Regling
Oktav*heft*. Elegante Klappenbroschur. 320 Seiten

Ernesto Sabato Der Tunnel Roman

Der gefeierte Maler Juan Pablo Castel ist ein Mörder. Im Gefängnis legt er schonungslos dar, wie ihm seine Leidenschaft für die mit einem Blinden verheiratete María zum Verhängnis wurde. *Der Tunnel* ist *der* existentialistische Roman nicht nur der argentinischen, sondern der gesamten lateinamerikanischen Literatur.

Aus dem argentinischen Spanisch und neu durchgesehen von Helga Castellanos
WAT 772. Broschiert. 160 Seiten

Ricardo Piglia Brennender Zaster Roman

Nach einer wahren Begebenheit: Vier Verbrecher mit engen Verbindungen zu Polizei und Politik rauben einen Geldtransport aus und rasen wild um sich schießend durch Buenos Aires. Sie entkommen nach Montevideo, verschanzen sich dort in einer Wohnung und werden von der Polizei belagert. Diese von Radio und Fernsehen übertragene Belagerung steuert unweigerlich auf ihr ungeheuerliches Ende zu ...

Aus dem argentinischen Spanisch von Leopold Federmair
WAT 635. Broschiert. 192 Seiten

Pola Oloixarac Wilde Theorien Roman

Eine Studentin bedrängt ihren Professor auf den Gängen der Fakultät, zwei superschlaue Trolle finden in ihrem Hass zueinander, und eine vergessene Theorie kann alles erklären. Eine philosophische Komödie über Macht, Verführung und die Schönheit der Niedertracht – barock, brillant-verrückt, erbarmungslos.

Aus dem argentinischen Spanisch von Matthias Strobel
Quart*buch*. Klappenbroschur. 256 Seiten

Marvel Moreno **Im Dezember der Wind** Roman

In jedem Satz steckt eine ganze Welt. Marvel Morenos karibische Saga um vier Freundinnen: ein ausschweifender, heftiger, überlebensgroßer Roman – und die lange überfällige Entdeckung einer faszinierenden Erzählerin.

Aus dem kolumbianischen Spanisch von Rike Bolte
Quart*buch*. Gebunden mit Schutzumschlag. 448 Seiten

Helen Weinzweig **Schwarzes Kleid mit Perlen** Roman

Shirley Kaszenbowski, geborene Silverberg, eine bürgerliche Frau mittleren Alters, trägt ein schwarzes Kleid und dazu eine Perlenkette. In dieser Ausstattung verlässt sie ihren Mann, um ihrem Geliebten Coenraad hinterher zu reisen. Eine kuriose Odyssee beginnt.

Aus dem kanadischen Englisch von Brigitte Jakobeit
Quart*buch*. Gebunden mit Schutzumschlag. 192 Seiten

Yelena Moskovich **Virtuoso** Roman

Sie haben Heimweh nach einem Ort, den es nicht mehr gibt. Oder den es nie gegeben hat? Die rebellischen, würdevoll verrückten Frauen in »Virtuoso« ziehen aus dieser Melancholie explosive Kraft. Ein politischer Roman über Liebe und Freundschaft zwischen Prag, Paris und Wisconsin.

Aus dem Englischen von Conny Lösch
Quart*buch*. Klappenbroschur. 272 Seiten

Verlag Klaus Wagenbach Emser Straße 40/41 10719 Berlin
www.wagenbach.de vertrieb@wagenbach.de

Die spanische Originalausgabe erschien 2018 unter dem Titel *La luz negra* bei Editorial Anagrama in Barcelona.

Die Veröffentlichung wurde unterstützt vom Übersetzungsförderungsprogramm »Sur« des Außen- und Bildungsministeriums der Republik Argentinien.

Obra editada en el marco del Programa »Sur« de Apoyo a las Traducciones del Ministerio de Relaciones Exteriores y Culto de la República Argentina.

MIX
Papier aus verantwortungsvollen Quellen
FSC® C014889

Umschlaggestaltung Julie August unter Verwendung einer Fotografie © Johanna Naukkarinen. Gesetzt aus der Scala Pro und der Caviar Dreams. Einband- und Vorsatzmaterial von peyer graphic, Leonberg. Umschlagmaterial von SALZER Papier, St. Pölten. Gedruckt und gebunden bei Pustet, Regensburg. Printed in Germany.

ISBN 978 3 8031 3360 1